KB206391

영원한 행복의 보석, 사랑

사랑은 참 아름답습니다!

사랑하라,
오늘이 마지막인 것처럼

김옥림 에세이

MIRAE
BOOK

사랑,
그 영원한 행복의 보석을 찾아서

사랑!

인간이 만들어 낸 말 중에서 가장 아름다운 말, 사랑!

사람은 누구나 사랑을 하고, 그 사랑으로 행복하길 원합니다. 사랑이 있어 삶이 아름답고, 그 삶을 즐겁게 살고 싶어 사랑하는 것입니다.

사랑은 신이 우리 인간에게 주신 많은 선물 중에서 가장 고귀한 것입니다. 그래서 나는 사랑이란 말만 떠올려도 너무 고맙고 감사해 눈물이 나고, 애틋한 마음에 사로잡히곤 합니다.

세상이 따뜻하고 포근한 것은 그 사랑을 함께 나누는 사람이 있기 때문입니다. 사랑하는 사람이 당신 곁에 있음에 감사하십시오. 그것은 크나큰 은총이며 행운입니다.

사랑을 잠시라도 잃어 본 사람은 압니다. 사랑이 없는 그 순간, 그 공간이 얼마나 큰 고통인가를……

프랑스 시인 자크 프레베르는 말했습니다.

"사랑은 봄에 피는 꽃과 같다. 사랑은 향기조차 없는 메마른 폐허나 오막살이 집일지라도 희망을 품게 하고, 훈훈한 향내를 풍기게 한다."

사랑은 사람과 사람 사이를 부드럽고, 온유하고, 풍요롭게 만들어 줍니다. 그런 까닭에 우리는 서로가 서로에게 평생 동안 간직해야 할 의미가 되고, 영원한 행복의 보석이 되어야 하겠습니다.

이 책을 대하는 모든 분들의 삶이 사랑으로 넘쳐나고, 바라는 모든 일들이 기쁘게 열매 맺기를 기원합니다.

김옥림

프롤로그_ 사랑, 그 영원한 행복의 보석을 찾아서

CHAPTER 1

사랑하는 사람은
한 송이 꽃입니다

그대와 함께 있을 때

나는 그대와 함께할 때의
나의 모습이 좋습니다.
그것이 나의 진정한 모습이라는 생각이 들기 때문이죠.
그대 사랑의 햇빛에 싸여서
한층 더 성숙해지고
한층 더 아름다워지는
나의 모습을
나의 모든 시간을
그대와 함께할 수는 없지만
그대와 함께 있을 때
나는 어느 누구와도
마음을 열고 만날 수 있는
보다 크고 따뜻한 모습이 되는 걸 느낀답니다.

_세리 카스텔로

사랑하는 사람은
한 송이 꽃입니다

사랑하는 사람은

한 송이의 꽃과 같습니다.

꽃이 향기를 주고 웃음을 주듯

사랑하는 사람은 기쁨을 주고,

행복을 주고, 용기를 주고, 힘을 줍니다.

그래서 사랑을 하면 없던 자신감도 생겨나고,

당당한 마음으로 매사를 대하게 됩니다.

이것이 사랑의 힘이며,

사랑하는 사람에 대한 믿음입니다.

꽃은 물을 주고 아끼고 보살피면

더욱 싱싱하게 자라듯이,

사랑하는 사람은 사랑을 받으면 받을수록

더욱 행복한 마음으로 사랑하는 이에게

기쁨을 주고, 사랑을 줍니다.

사랑하는 이를 더욱 아끼고 사랑하십시오.

그것이 빛나고 오래가는 사랑의 비결이랍니다.

♥

사랑하는 사람에게는 그 사람만의 향기가 있습니다.

그 향기는 사랑하는 이에게는 가장 '달콤한 향기'이지요.

사랑하는 사람의 향기를 더 많이 느끼기 위해서는

가장 아름다운 말로 사랑을 하고,

가장 멋지고 다정스러운 몸짓으로 사랑을 해야 합니다.

사랑은 아낌없이 주는 그런 것이어야 합니다.

당신이 먼저 사랑하십시오

"내가 이 세상에서 가장 사랑하는 사람은
바로 당신입니다."
이 말은 세상에서 가장 황홀한 말일 것입니다.
그 행복한 고백의
주인공이 되고 싶지 않으십니까?
그렇다면 당신이 먼저 사랑하는 사람에게
"나는 당신을 나보다도 더 사랑합니다.
당신이 내 곁에 있어 줘서 참 고맙습니다."
라고 고백해 보십시오.
그 순간 당신이 사랑하는 사람은
무한한 행복감에
"당신을 만날 수 있어 참 감사합니다.
당신은 하나님이 내게 주신 은총이며,
내 인생에 운명 같은 사랑입니다."
라고 가장 아름다운 말로 당신에게 고백할 것입니다.

가치 있고 아름다운 사랑을 하고 싶다면
사랑하는 이가 먼저 다가오길 기다리지 마십시오.
"나는 당신을 사랑합니다.
나는 당신만의 사랑이고 싶습니다."
당신이 먼저 웃으며 다가가 다정하게 말하십시오.

♥

진정한 행복을 느끼고 싶다면
당신이 먼저 사랑하는 이에게 사랑을 베푸세요.
당신이 사랑하는 이는 당신의 사랑으로 인해 매우 행복할 것입니다.
그리고 그 역시 고이고이 간직해 온 자신의 사랑을
당신에게 아낌없이 줄 것입니다.
자신이 주는 대로 받는 것이
바로 사랑의 '불변의 법칙'이기 때문입니다.

사랑의 뿌리를
탄탄히 다지는 사랑

느낌만으로 바라는 사랑은

뿌리 없는 나무와 같습니다.

사랑은 느낌만으로 하는 것이 아닙니다.

마음과 정성이 함께할 때

그 사랑은 아름다워지는 것입니다.

그런데 사랑을 하다 보면 자신의 잘못으로

혹은 사랑하는 이로 인해

방황과 갈등의 늪에서 허덕일 때가 있습니다.

방황과 갈등의 늪에 자신을 버려두지 마십시오.

그러면 그 사랑을 잃을지도 모릅니다.

현명한 사랑은 어려울 때일수록

더 가까이 다가가기 위해 노력하는 것입니다.

그것이 사랑의 뿌리를 탄탄히 다지는 사랑입니다.

사랑은 느낌보다 행동입니다.

행동으로 자신의 진정성을 보이는 사랑,

그 사랑이 진실로 행복하고 아름다운 사랑입니다.

♥

생각에만 머무르는 사랑은 사랑이 아닙니다.

느낌을 넘어 정성이 들어가야 진실로 행복한 사랑을 느낄 수 있습니다.

행동이 따르지 않는 사랑은 뿌리 없는 나무와 같습니다.

행동하는 사랑을 하세요.

이런 사랑이야말로 사랑의 뿌리를 탄탄히 다지는 멋진 사랑이니까요.

사랑은
마르지 않습니다

사랑은

오묘하고 신기합니다.

사랑은 자기가 퍼 준 만큼

자신에게 돌아옵니다.

어떨 땐

더 커져서 돌아오기도 합니다.

큰 사랑을 원한다면

자신의 사랑을 맘껏 퍼 주십시오.

사랑은

아무리 퍼 주고 퍼 주어도 오히려 넘쳐나

그 어느 때라도

절대 마르는 법이 없습니다.

사랑은 '화수분'과 같아 아무리 퍼 주어도

그 이상으로 다시 채워집니다.

그러나 사랑에 인색하면 있는 사랑마저도 어디론가 사라지고 말지요.

사랑에 인색한 만큼 삶은 남루해집니다.

남루하고 비루한 삶을 살지 않으려면

충만한 사랑을 통해 자신의 사랑의 샘물을 풍족하게 해야 합니다.

사랑의 샘물이 풍족해야 아름답고 가치 있는 삶을 살게 되니까요.

사랑은 음악처럼

음악에 취해 잠이 드는 날엔

나도 음악이 되어 어둠을 덮고 흐릅니다.

세상이 모두 잠자리에 들었는지

숨이 멎도록 고요합니다.

어둠 속에서 음악과 나만이

반짝이는 눈으로 서로를 응시합니다.

오, 이 절묘한 일치감.

음악에 젖어 잠드는 날엔

꿈결에서도 음악을 듣습니다.

우리 사랑도 이렇듯

뜨겁게 가슴을 울리는 음악처럼

서로의 가슴에

감동의 물결을 이루는 사랑이어야 합니다.

감동이 있는 사랑, 감동을 주는 사랑을 해야 합니다.

그러기 위해서는 감동적인 음악을 듣는 것처럼

사랑하는 이를 감동으로 이끌어야 합니다.

같은 말도 더 부드럽게 하고 행동은 더 따뜻하게 해야 합니다.

사랑하는 이에게 감동을 주기 위해 언제나 노력해야 합니다.

사랑의 별

별빛이 쏟아져 내리는

밤하늘을 올려다보면

하늘은 마치 하얀 꽃들로 가득한 화원 같습니다.

어둠 속에서 빛나는 별들의 향연은

사람들에게 동심을 심어 주고 탄성을 자아내게 합니다.

누구나 어린 시절 별에 대한 추억이 있을 것입니다.

그만큼 별은 인간과는 떼려야 뗄 수 없는

마치 막역한 친구와도 같습니다.

별들이 빛나는 밤하늘은 언제나 아름다운 것처럼

당신 또한 아름답게 빛나는 사랑의 별이 되세요.

누구에게나 꿈을 주고,

사랑을 노래하게 하는 별이 되십시오.

———— ♥ ————

사람들이 별을 좋아하는 것은

깜깜한 밤하늘에 아름답게 반짝이기 때문입니다.

그래서 사람들은 어린 시절이나 성인이 되어서나

한결같이 별을 아끼고 사랑합니다.

사랑하는 이에게 '사랑의 별'이 되세요.

당신이 사랑하는 이는 그런 당신을 자신보다도 더 사랑할 것입니다.

————————————

인생과 사랑하는 시간

인생은

사랑만 하고 살기에도 턱없이 짧습니다.

통계에 의하면

인생의 삼분의 일은 잠자고,

삼분의 일은 일하고,

나머지 삼분의 일은 사랑하고, 취미생활하고, 운동을 하는 등

잡다한 일에 시간을 쓴다고 합니다.

그렇게 본다면 사랑하는 시간이

너무 적다는 생각이 듭니다.

그런데 싸우고, 미워하고,

울고, 짜증까지 부리고 한다면

사랑하는 시간은 더더욱 짧아지게 될 것입니다.

사랑만 하기에도 인생이 짧다고 느껴지는 사랑을 하세요.

이처럼 사랑한다면 정말 행복한 인생을 사는 것입니다.

그 긴긴 세월이 짧다는 것은 그만큼 멋진 사랑을 하고

행복한 삶을 산다는 방증이니까요.

우리는 누구나 그런 사랑을 해야 합니다.

햇살 맑은 날 같은 사랑

햇살이 눈부시게 쏟아져 내리는 날은
몸과 마음이 먼저 반기지요.
마치 기다렸다는 듯이
몸과 마음은 밖으로 줄달음질칩니다.
이런 날은 산천초목도
어제보다 더 맑고 푸르게 빛나고,
만나는 사람 누구에게도
먼저 다정스레 밝은 인사를 건네고 싶지요.
당신은 사랑하는 사람에게
햇살 눈부시게 맑은 날 같은 사랑이 되세요.
그래서 당신의 맑은 사랑을
사랑하는 이에게 아낌없이 내어 줌으로써
행복한 사랑을 맘껏 누리십시오.
햇살 맑은 날 같은 당신의 사랑에게
눈부시게 맑은 사랑이 되어
세상을 다 가진 듯 원 없이 사랑하세요.

눈부시게 햇살 맑은 날은 그저 기분이 좋습니다.

보는 것마다 다 밝아 보이고 상큼한 느낌을 주니까요.

사랑도 그렇습니다.

햇살 맑은 날 같은 사랑은 인생을 밝고 행복하게 해 줍니다.

햇살 맑은 날 같은 사랑,

그런 사랑을 할 수 있다면 최고의 사랑일 것입니다.

정녕 행복한 사람

사람은 누구나 지워지지 않는
사랑의 추억을 갖고 살아갑니다.
아무리 지우려 해도
지워지지 않는 사랑의 추억은
더 이상 추억이 아니라 마음 한가운데에
화인火印처럼 찍힌 화석입니다.
사람은 추억을 먹고 사는 동물이지요.
특히 기쁨을 주는 사랑의 추억은
사람에게 있어 귀중한 보석과도 같습니다.
그토록 아름답고 소중한 사랑의 추억을
당신은 가졌는지요?
그렇다면 당신은 정녕 행복한 사람입니다.

먼 훗날 사랑의 추억을 되돌아보는 것만으로도

행복할 수 있어야 합니다.

그러기 위해서는 지금 하는 사랑이 절절해야 합니다.

서로의 가슴을 절절하게 만드는 사랑,

그런 사랑은 오래도록 서로를 행복하게 할 것입니다.

다시는
사랑할 수 없을 것처럼

사랑은 인간이 살아가는

존재의 이유이자 목적입니다.

많은 부를 쌓고, 높은 지위에 오르는 것 또한

사랑을 위해서입니다.

그러나 사람들 중엔 이를 잘못 이용하는 이들이 있습니다.

그것은 사랑을 모독하는 일이며,

무식을 드러내는 행위와 같습니다.

"사랑하라, 한 번도 상처받지 않는 것처럼."

이 말은 그만큼 아름답고, 행복하고,

숭고한 사랑을 하라는 의미이지요.

그러나 이런 사랑을 한다는 것은 어렵고도 어려운 일입니다.

하지만 인간에게 있어 사랑처럼 고귀한 것은 없기에

그럼에도 사랑하라는 것입니다.

그렇습니다. 사랑은 그렇게 하는 것입니다.

다시는 사랑할 수 없을 것처럼 사랑하고,

사랑하고, 그리고 사랑하십시오.

♥

많은 사람들이 사랑을 하고 이별을 합니다.

사랑을 할 땐 모두를 다 가진 듯 삶이 아름답고 풍요롭습니다.

그러나 이별을 하면 늘 한쪽 가슴이 시리고 아픕니다.

이런 사랑은 너무나 안타깝고 슬픕니다.

진정한 인생의 기쁨을 누리며 살고 싶다면

두 번 다시는 사랑하지 못할 것처럼 사랑하세요.

CHAPTER 2

에스프레소와 같은
깊고 깊은 사랑

한 가슴의 깨어짐을
막을 수만 있다면

내가 만일 한 가슴의 깨어짐을 막을 수 있다면,

내 삶은 결코 헛되지 않으리.

내가 만일 병든 생명 하나를 고칠 수 있다면,

한 사람의 고통을 진정시킬 수 있다면,

새끼 새 한 마리

보금자리로 돌아가게 해 줄 수 있다면,

내 삶은 결코 헛되지 않으리.

_에밀리 디킨슨

사랑의 관점에 따라
색깔을 달리하는 사랑

행복한 마음으로 바라보면

모든 것이 행복하게 보이고,

불행한 마음으로 바라보면

모든 것이 불행하게 보입니다.

사랑도 어떤 마음으로 하느냐가 중요하지요.

물론 사람에 따라서 사랑을 하는 방법이나

시각의 차이가 있겠지만,

분명한 것은 사랑을 할 때

최고로 행복한 마음으로,

최고로 아름다운 마음으로,

최고로 사랑스런 마음으로,

사랑하는 사람을 대하라는 것입니다.

그래야 내게 돌아오는 사랑도

최고로 행복하고,

최고로 가치 있고,

최고로 아름답기 때문입니다.

———— ♥ ————

사랑에도 색깔이 있습니다.

사랑하는 이가 어떤 상황에 있느냐에 따라

사랑의 색깔을 달리하세요.

그런데 사람들은 너 나 할 것 없이 이를 그냥 지나칠 때가 많습니다.

그래서 울고, 미워하고, 사랑에 아파하고, 고통스러워합니다.

오래가는 사랑, 오래가는 행복을 위해서는

그때그때 색깔을 달리하는 사랑을 해야 합니다.

그것이 당신의 사랑을 가장 빛나는 진주가 되게 할 것입니다.

———————————

감동을 받고 싶다면
감동을 주는 사랑을 하십시오

사랑하는 이로부터

사랑을 받고 감격하는 사랑은

얼마나 아름다운 사랑입니까.

감격하는 사랑은 생각만으로도

기분이 아주 좋습니다.

감동이 실리지 않는 사랑에

쉽게 감동하지 못하는 것은,

사람은 감동을 먹고 사는 동물이기 때문입니다.

그래서 감동이 실리지 않은 사랑 따위엔

관심도 두지 않고,

미련도 두지 않는 것입니다.

감동을 주는 사랑을 받고 싶다면

먼저 감동을 주는 사랑을 하십시오.

그러면 당신은

감동을 받는 사랑을 하게 될 것입니다.

♥

감동이 없는 사랑은 메말라서 오래가지 못합니다.

감동적인 사랑을 하기 위해서는

자신이 먼저 감동을 주는 사랑을 해야 합니다.

먼저 받으려고 기다리면 그가 떠날지도 모릅니다.

상대방 또한 먼저 감동적인 사랑을 받고 싶어 하기 때문이지요.

감동을 주는 사랑은 그렇게 어렵지 않습니다.

상대가 무엇을 좋아하고, 무엇을 원하는지 살피는 노력만 기울여도

얼마든지 상대의 마음을 움직일 수 있으니까요.

노력하는 사랑이 감동을 줍니다.

사랑만이
지닐 수 있는 힘

사랑을 하게 되면

많은 에너지가 발생합니다.

그 에너지는 상상을 초월할 만큼

강하고 힘이 넘칩니다.

사랑은 사랑하는 이에게

최선을 다하려는 마음에서 오는,

보이지 않는 두려움을 없애는

신비한 능력을 가지고 있기도 합니다.

목숨이 위협받는 긴박한 상황에서도

사랑하는 이를 위해

자신의 몸을 사리지 않고

과감히 내던져 맞서는 것은 그런 이유 때문입니다.

그러고 보면 사랑이란 참으로 좋은 것입니다.

사랑 앞에선 불가능도 가능하게 되고,

도저히 용서할 수 없는 일까지도 용서가 되니까요.

이것은 사랑만이 지닐 수 있는 힘,

그 힘이 함께하기 때문입니다.

———————— ♥ ————————

거룩한 사랑 앞엔 그 무엇도 거칠 것이 없습니다.

아무리 불가능해 보이는 일도,

진실한 사랑만 있다면 충분히 극복해 낼 수 있습니다.

사랑이 불가능을 이길 수 있는 것은

사랑에는 인간의 상식으로는 상상할 수 없는

엄청난 에너지가 빛을 발하기 때문이지요.

절망 속에서도 사랑만 잃지 않는다면

절망을 극복하고 반드시 행복한 오늘을 살 수 있습니다.

————————————————

사랑이 좋아하는 사람,
미움이 좋아하는 사람

사랑이 많은 사람은

온화하고 인정이 넘칩니다.

사랑은 이처럼 사랑이 많은 사람을 좋아합니다.

그러나 미움이 가득한 사람은

불평과 불만으로 가득 차 있습니다.

미움은 이처럼 미움으로 가득 찬 사람을 좋아합니다.

사랑이 좋아하는 사람으로 살아가느냐,

미움이 좋아하는 사람으로 살아가느냐는

오직 자신에게 달려 있습니다.

아름답고 행복한 삶을 영위하고 싶다면

사랑을 가득 품고 사랑을 실천하며 살아야 합니다.

사랑은 그런 사람에게

더 많은 사랑을 베풀어 주니까요.

———— ♥ ————

사랑은 사랑하는 자의 것이며,

행복을 찾는 자의 아름다운 선물입니다.

미움은 미워하는 자의 것이며,

시기와 질투를 일삼는 자의 소유물입니다.

진실로 행복하기를 원한다면 사랑하는 마음으로

당신의 생각을 가득 채우고

아름다운 사랑을 실천하십시오.

에스프레소와 같은
깊고 깊은 사랑

사랑이 깊으면

그 어떤 운명 앞에서도 주눅 들지 않습니다.

그런데 대부분의 사람들은

운명 앞에 손을 들거나

끝내는 손을 들 수밖에 없다고 생각합니다.

이렇게 생각하는 것은 사랑이 깊지 못하고

서로에 대한 사랑의 무게가 가볍기 때문입니다.

사랑이 깊으면 운명적인 사랑 앞에도 포기하지 않고,

혹여 운명 앞에 사랑이 무너진다고 해도

그 사랑을 위해 마지막 남은 사랑의 열정으로

끝까지 최선을 다하려고 합니다.

인스턴트 사랑이 아닌 에스프레소와 같이

깊은 맛이 우러나는 깊고 깊은 사랑을 하세요.

깊은 사랑은 그 어떤 운명도 이겨낼 수 있는

유일한 힘이니까요.

사람이 사람을 만나고 헤어지는 것 또한

그 사람에게 주어진 거부할 수 없는 운명입니다.

그러기에 그 어떤 일에 처해도 자신을 쉽게 포기해서는 안 됩니다.

참다운 사랑을 꿈꾼다면

그 어떤 운명 앞에서도 결코 좌절하지 마십시오.

그 좌절을 이기고 나면 진실로 아름다운 행복이 찾아온답니다.

신비한 램프,
삶을 변화시키는 사랑

사랑에 빠진 자의 눈은

꽃사슴의 눈처럼 초롱초롱하고,

입술은 장미보다도 더 붉고,

미소는 라일락보다도 예쁩니다.

말은 나긋나긋 부드럽게 속삭이고,

옷맵시는 단정하고,

걸음걸이는 날아갈 듯 경쾌하고

행동은 날렵하고 여유로 넘칩니다.

사랑의 감정에 빠지게 되면

사랑하는 이에게 잘 보이기 위해

최선을 다하게 됩니다.

평소에 안 하던 행동도 자연스럽게 하게 되고,

거친 말씨도 부드럽게 바꾸고,

게으른 몸짓도 노루의 몸놀림처럼 가뿐하게 움직입니다.

사랑은 사람을 변화시키는 힘을 가지고 있기 때문입니다.

사랑 앞엔 그 어떤 사람도 순한 양이 되고,

그 무엇도 하찮은 것으로 보입니다.

오직 사랑만이 최선이고 인생의 전부인 것처럼 보이지요.

사랑은 신비한 램프와 같아

사람들을 새로운 모습으로 변화시키는 것입니다.

♥

사랑은 신비한 램프입니다.

사랑을 하면 안 보이던 길이 보이고,

일반적인 것에서는 느낄 수 없는 기쁨과

충만한 삶의 환희를 경험하게 되지요.

같은 대상을 바라보아도 더 멋지고 예뻐 보인답니다.

어제의 하늘도 더 푸르게 빛나고,

더 즐겁고 신나게 살고 싶은 마음에 사로잡히게 되지요.

마음도 너그러워지고 배려하는 마음이 생깁니다.

이처럼 사랑은 삶을 변화시키는 신비하고 오묘한 램프랍니다.

받기만 하는 사랑은
사랑이 아닙니다

받기만 하는 사람은 한없이 받기만을 바랍니다.

받는 것에 익숙해지다 보니

끊임없이 받아야만

자신이 사랑을 받는다고 느끼는 것이지요.

주는 사람은 주기만 합니다.

주는 것에 익숙해지다 보니

주어야만 자신이 사랑을 하고 있다고 느끼기 때문이지요.

주는 것도 사랑, 받는 것도 사랑입니다.

그러나 받기만 하는 사랑은 자신을 이기적으로 만듭니다.

주는 것이 왜 자신을 기쁘게 하는지 모르게 되니까요.

주는 사랑은 자신을 넉넉하고 여유롭게 만듭니다.

주는 것은 진정한 사랑이기 때문이지요.

받는 사랑을 할 것인가, 주는 사랑을 할 것인가는

오직 자신이 선택하고 결정해야 할 문제입니다.

사랑을 받아야 사랑이라고 착각하는 사람들이 있습니다.

하지만 받는 것만 바라기만 하는 것은 진실한 사랑이 아닙니다.

그것은 자신을 이기적으로 만드는 일이니까요.

진정한 사랑은 줄 때 생겨나는 것입니다.

주는 마음엔 상대를 생각하는 사랑의 마음이 담겨 있어

그 마음이 전해지는 순간, 기쁨이 되고 즐거움이 됩니다.

진정한 사랑을 원한다면 주는 사랑을 하십시오.

주는 사랑은 잃는 것이 아니라

줌으로써 더욱 커지는 사랑이니까요.

사랑과 꽃

꽃이 꽃일 수밖에 없는 것은

꽃은 언제나

활짝 피어야 하기 때문입니다.

피지 않으면 그건 꽃이 아닙니다.

그냥,

꽃인 척하는 것입니다.

사랑도 이와 같습니다.

서로에게 사랑의 꽃이 되어야 합니다.

꽃이 활짝 피어야 향기를 내뿜듯

서로에 대한 사랑이 넘칠수록

행복은 서로의 마음을 단단하게 동여매 주니까요.

나는 너에게, 너는 나에게

달콤한 사랑의 꽃이 되어야 합니다.

사랑과 꽃은 달콤한 향기를 풍겨야 합니다.

꽃의 향기가 고약하다면

아무리 예뻐도 가까이 가고 싶은 마음이 사라질 것입니다.

마찬가지로 사랑의 향기가 향기롭지 않다면

그 사람에게 가까이 가고 싶은 마음이 사라지지요.

달콤한 향기를 가진 꽃이 사람들의 사랑을 받듯,

달콤한 사랑의 향기를 내뿜을 때 더 큰 사랑을 받는답니다.

반드시 필요한
인생의 꽃, 사랑

사랑은 인생의 꽃과 같습니다.

그런데 누구에게나 꽃이 되는 것은 아닙니다.

참사랑을 갈망하고 노력하는 사람에게만

사랑은 향기로운 꽃이 되어 줍니다.

사랑이 필요한 것은

사랑을 위해서도 그러하지만,

지치고 힘들고 어려울 때 큰 힘이 되기 때문입니다.

자신의 인생이 진실로 잘되기를 바란다면

최선의 마음으로 사랑하고 사랑에 의지하십시오.

사랑이 아름다울수록 사랑의 꽃은 더욱 향기롭고,

더욱 아름다운 자태를 뽐내며 활짝 피어난답니다.

사람들은 가끔씩 그 무엇엔가

기대고 싶어 하고, 위로받고 싶어 합니다.

자신의 삶이 아프고,

고단하여 답답할 때면 더욱 그러하지요.

이럴 때 필요한 것이 사랑, 꽃처럼 향기로운 사랑입니다.

힘들고 어려운 일이 당신을 괴롭힐 땐 사랑에 의지하십시오.

사랑은 반드시 필요한 '인생의 꽃'이니까요.

사랑에서 온다

사랑은 같은 곳을 바라보는 것입니다.

사랑은 같은 생각을 하는 것입니다.

사랑은 같이 웃는 것입니다.

사랑은 같이 우는 것입니다.

사랑은 같이 행복해야 하는 것입니다.

사랑은 같은 꿈을 꾸는 것입니다.

그러나 이것을 알면서도

그렇게 하지 못하는 것이 인간의 약점입니다.

이 약점을 극복할 수 있는 힘은

오직,

사랑에서 온답니다.

사랑은 둘의 마음을 하나가 되게 하지요.

그래서 같은 곳을 바라보게 하고, 생각하게 하고, 협력하게 합니다.

사이가 유달리 좋은 커플을 보면 공통점이 참 많다는 걸 느낍니다.

이렇듯 둘의 마음이 잘 맞는다는 것은

둘의 사랑이 그만큼 돈독하다는 것을 말합니다.

만일 당신과 당신이 사랑하는 이의 마음이 잘 맞지 않는다면

둘의 마음이 잘 맞도록 노력해야 합니다.

사랑도 노력에서 오는 것이니까요.

CHAPTER 3

끝없는 사랑

우리 사랑에는 끝이 없습니다

지금까지 나는 그대를 너무도 사랑했습니다.

그래도 내일 아침이 밝으면

그대 향한 내 사랑은 계속 자랄 것입니다.

더욱 찬란하게, 더욱 강하게, 더욱 깊게,

그리고 전보다 더욱 온화하면서도 아름답게

여전히 새날은 올 것이며,

같은 기적은 계속 일어날 것입니다.

우리 사랑에는 끝이 없음을 믿고 있답니다.

_로런드 R. 호스킨스 주니어

서두르지 않는 사랑

서두르다 보면

그 조급함에 스스로 상처를 입기도 하고,

다른 사람에게 상처를 주기도 합니다.

사랑도 마찬가지입니다.

사랑을 서두르는 것은

사랑을 놓치기 쉬운 길로 몰아세우는 것과 같습니다.

휴즈는 '여자는 단 한 번의 키스로서는

마음이 통하지 않는다.'라고 했습니다.

또 《채근담》에 이르기를 '먼저 핀 꽃이 먼저 진다.'고 했습니다.

사랑은 서두르지 않을 때 가장 아름답게 피어납니다.

진실한 사랑을 원한다면

천천히 그리고 느긋하게 다가가십시오.

질그릇에 담긴 음식은 쉬이 식지 않고 깊은 맛을 냅니다.

질그릇 같은 사랑을 하십시오.

그 사랑이 당신의 삶을 아름답게 만들어 줄 것입니다.

무슨 일이든지 급하게 서두르면

실패할 확률이 높습니다.

당신에게 사랑하는 사람이 생겼다면

절대로 서두르지 마십시오.

'질그릇 같은 사랑'이

당신의 사랑을 아름답게 이끌어 줄 것입니다.

사랑은 때론
아픔을 남기기도 합니다

사랑을 하다 보면

서로 다투기도 하고 상처를 받기도 합니다.

그런데 자존심을 내세워

상처 입은 사랑을 그대로 둔다면

더 큰 아픔을 겪게 될 것입니다.

상처 입은 사랑은 고인 물과 같습니다.

서로에게 아픔을 남기지 않으려면

상처 입은 사랑을 빨리 치유해야 합니다.

서로의 잘못을 인정하고 용서를 구해야 하는 것입니다.

그것만이 예전의 따뜻하고 정감 넘치는 사랑으로

되돌려 놓을 수 있습니다.

누구도 아픈 사랑을 원하지 않습니다.

포근하고 애틋한 사랑, 그런 사랑을 하십시오.

그리고 언제나 그 사랑을 이끌어 주는 사람이 되십시오.

사랑의 성취감은 그 어떤 것보다도
당신을 행복하게 해 줄 것입니다.

♥

물은 쉬지 않고 흘러가야 썩지 않습니다.
사랑도 마찬가지입니다.
언제나 한결같이 올곧은 사랑을 하는 사람만이
사랑할 줄 아는 사람입니다.

사랑은 주고 또 주고 싶은
마음입니다

만족한 사랑을 하는 것처럼

행복한 것은 없습니다.

생각해 보세요.

사랑하는 이로부터 부족함 없이 사랑을 받는 자신의 모습을.

온몸과 마음이 기쁨으로 들뜰 것입니다.

이런 사랑을 하려면 어떻게 해야 할까요?

사랑하는 이에게 억지를 부려서는 안 됩니다.

사랑하는 이가 편안한 마음을 갖도록

자신의 사랑으로 다독여 주어야 합니다.

톨스토이는 '사랑은 아낌없이 주는 것'이라고 했습니다.

사랑은 모든 것을 내어 줄 때 빛납니다.

사랑하는 이에게 모든 것을 아낌없이 주는 것만큼

기쁜 일은 없을 것입니다.

얼마나 눈부시고 아름다운 사랑입니까?

그렇게 사랑하십시오.

누구나 만족한 사랑을 원할 것입니다.

당신이 만족한 사랑을 원하고 있다면

그 사랑을 간섭하지 마십시오.

사랑은 너그러움을 베풀 때 안겨 오는 것입니다.

사랑하는 사람이 자신을 간섭해 올 때

더욱 견디기 힘들어하는 것이 사람입니다.

사랑에는 삶을
창조하는 힘이 있습니다

삶의 함정에 빠져

막막할 때가 있습니다.

원망과 탄식을 하며 암담해할 때,

나를 안아 위로해 주는 사랑이 있다면

얼마나 큰 위로가 되겠습니까?

사랑이란 그런 것입니다.

로렌스는 '사랑은 창조하는 힘이다.'라고 말했습니다.

시련의 구덩이에 빠지게 되더라도

절대로 낙심하지 마십시오.

내리막길이 있으면 오르막길도 있는 법,

당신에게는 사랑하는 사람이 있습니다.

사랑하는 사람의 힘을 믿으십시오.

그리고 그 사랑의 힘으로 일어나 걸어가십시오.

사랑에는 삶을 창조하는 힘이 있습니다.

그 사랑을 믿고 의지하는 당신이 되길 바랍니다.

사랑은 삶을 창조하는 힘을 갖고 있습니다.

사랑을 하게 되면 더욱 강한 힘을 낼 수 있습니다.

그래서 어렵고 힘든 일이 닥쳐와도

물리칠 수 있는 용기가 솟아나는 것입니다.

당신이 지금보다 새로운 삶을 창조하고 싶다면

뜨거운 열망을 안고 사랑하십시오.

사랑하는 이에게
믿음을 주세요

누군가에게 신뢰를 받는 것은

쉬운 일이 아닙니다.

상대방이 나를 믿고 따를 수 있도록

믿음을 주어야 합니다.

내가 상대방을 믿어 주는 진지한 모습을 보일 때,

상대방도 내 말에 귀를 기울이는 법입니다.

사랑도 그렇습니다.

빅토르 위고는 '사랑한다는 것은 믿는 것이다.'라고 했습니다.

당신은 사랑하는 그 사람에게 진지해야 합니다.

자신의 사랑이 신뢰받기를 원한다면

사랑하는 이에게 아낌없이 신뢰를 보내야 합니다.

당신 역시 그런 사랑을 원할 것입니다.

당신이 사랑하는 그 사람에게

아낌없는 믿음과 사랑을 보여 주십시오.

더 큰 사랑이 돌아올 것입니다.

사랑하는 사람에게서 신뢰받는 사랑을 원한다면
먼저 신뢰를 줄 수 있는 말과 행동을 해야 합니다.
화려한 겉모습은 길게 가지 못하지만
진지한 모습은 길고 오래갈 수 있습니다.
당신이 신뢰할 수 있는 사랑을 바란다면
사랑하는 이에게 먼저 믿음을 주십시오.

참된 사랑

자크 프레베르는,

'사랑은 봄에 피는 꽃과 같다.

온갖 것에게 희망을 품게 하고 훈훈한 향내를 풍기게 한다.

사랑은 향기조차 없는 메마른 폐허나 오막살이 집일지라도

희망을 품게 하고, 훈훈한 향내를 풍기게 한다.'고 했습니다.

지금 끝이 없는 사막을 지난다고 생각해 보십시오.

목마름에 절망을 느낄 때,

오아시스를 만난다면 얼마나 감격스럽겠습니까?

참된 사랑은 바로 이런 것이 아닐까 생각합니다.

사랑은 자신에게 진실할 때 참된 모습을 보여 줍니다.

사랑하는 사람에게 불행을 안겨 주지 않으려면

거짓 위장이나 일시적인 속임수는 버려야 합니다.

진정 원하고 있다고 진실만을 이야기해야 합니다.

참된 사랑은 진실한 믿음을 바탕으로 해야 합니다.

조금이라도 거짓된 마음이 있다면

언젠가는 부서져 버리고 마는 것이 사랑이니까요.

당신 자신에게 진실할 수 있을 때

참된 사랑을 할 수 있게 될 것입니다.

행복을 꿈꾸는 사랑

사랑이 평탄하지 않을 때

사람들은 절망을 느낍니다.

다시는 사랑할 수 없을 것처럼 지쳐서 쓰러집니다.

그러나 사랑은 아무 대가 없이 오지 않습니다.

사랑의 나무에 행복의 열매를 맺고 싶다면

시련을 견디어 내십시오.

괴테는 말했습니다.

'사랑하는 자에게 행복이 있으라.

그대를 구원할 슬픈 시련에 견딘 자여!

행복이 있으라!'

사랑은 아픔을 극복할 때 찬란한 빛깔을 보여 줍니다.

고통 뒤에 오는 행복은 살아가는 기쁨이랍니다.

♥

사람들은 모두 행복하게 살고 싶어 합니다.

행복은 사람들에게 살아가야 할 의미를 주는 것입니다.

그렇지만 행복은 그냥 오지 않습니다.

행복한 사랑을 하고 싶다면 끊임없이 노력하십시오.

행복은 노력에서 오는 '삶의 파랑새'입니다.

사랑의 정의

노발리스는

'사랑은 세계사의 궁극 목적이며,

우주의 시인이다.'라고 했습니다.

그렇습니다.

사랑이란 무엇과도 바꿀 수 없는 존귀한 것입니다.

사랑을 흔한 감정으로 여긴다면 그건 잘못입니다.

수줍은 사랑도, 안타까운 사랑도 결코 가볍지 않습니다.

사랑은 쉽게 잴 수 있는 그런 가벼운 감정이 아닙니다.

누군가에게는 눈물이며, 기쁨이 되기도 하는

인생의 시입니다.

모든 이에게 영원한 소망이며, 삶의 목적입니다.

지고지순한 철학이며, 영원불멸의 진리입니다.

사랑하십시오.

사랑은 누구에게나 주어지는 삶의 완성입니다.

사랑의 본질은 삶을 완성하는 것입니다.

완전한 사랑은 혼자서는 이룰 수 없습니다.

우리가 귀하게 여기고 아름답게 여겨야 할 것이 있다면

그건 바로 사랑일 것입니다.

사랑이란 둘이 함께 만들어가는 삶의 완성입니다.

사랑은
아끼지 말아야 합니다

사랑하는 사람이 곁에 있었으면,

하고 생각해 봅니다.

즐거울 때에는 왠지 더 즐거울 것 같습니다.

힘들 때에는 틀림없이 덜 힘들 것 같습니다.

소포클레스는

'참다운 사랑의 힘은 태산보다 강하다.

그러므로 그 힘은 어떠한 힘을 가지고 있는

황금일지라도 무너뜨리지 못한다.'라고 했습니다.

사랑하는 사람이 곁에 있다는 것은 행복한 일입니다.

지금 사랑하는 사람이 곁에 있다면

정성을 다하여 온 마음으로 사랑하십시오.

사랑하는 사람에게는 사랑을 아끼지 말아야 합니다.

사랑하는 사람이 두려워할 만큼
사랑을 아끼지 말아야 합니다.
사랑하는 사람이 있다는 것만으로도
기쁨이기 때문입니다.

♥

사랑하는 사람은 맑은 샘물과도 같아서
지치고 힘들 때, 큰 위로가 되고 힘이 되어 줍니다.
당신이 사랑하고 있는 사람이 있다면
그 사람에게 힘이 되어 주십시오.
두 사람이 함께 바라보는 세상은 더없이 아름다울 것입니다.

사랑의 향기

외로움에 익숙한 사람도
외로움을 사랑하지는 않지요.
아마 사랑을 겁내고 있을지 모릅니다.
사람은 혼자서는 살지 못합니다.
누구나 사랑에 대한 기대를 품고 있을 것입니다.
저마다의 가슴이 고독해도
사랑의 강을 건너고 싶어 할 것입니다.
사랑의 향기를 품고 사십시오.
사랑의 향기를 품고 사는 사람은 행복한 사람입니다.
사랑은 숨길 수 없는 향기로
사람의 마음을 들뜨게 만들어 줍니다.
오늘, 그에게 사랑의 향기를 전해 보십시오.
눈이 마주칠 때 당신은
이미 그의 사랑이 되어 있을 것입니다.

사랑의 향기를 품고 사는 사람은

행복이 넘쳐흐릅니다.

당신의 삶을 아름답고 보람 있게 가꾸고 싶다면

사랑의 향기를 품어 보십시오.

그 사랑의 향기가 당신을 사랑하는 사람까지

행복하게 만들어 줄 것입니다.

CHAPTER 4

마지막 사랑

사랑하라,
오늘이 마지막인 것처럼

사랑하라
오늘이 그대 생애의
마지막인 것처럼

사랑하고 또 사랑하라
그대의 그대가 그대를 잊지 못하도록
열정과 기쁨으로
죽도록 사랑하고 사랑하라

사랑하라

미치도록 사랑하고 사랑하라

사랑하다 하늘이 무너져 내려

내일 지구가 흔적 없이 사라져 버린다 해도

뜨거운 가슴으로 빛나는 눈동자로

가장 아름다운 사랑의 말을 속삭이며

그대가 사랑하는 이에게

최선의 사랑으로 사랑하라

사랑하라

그대가 살아온 날 중

가장 행복한 마음으로

자신보다도 더 사랑하는 사람을 위해

그대의 맑은 혼을 담아

지금 이 순간에서 영원으로 영원히 이어지도록

목숨 바쳐 사랑하라

사랑하라

오늘이 그대의 마지막인 것처럼

사랑하고 또 사랑하라

그대의 사랑이 그대를 아프게 하더라도

그것이 진심이 아니라면
호흡을 늦추고 마음을 가다듬어
그대의 사랑을 용서하고 사랑하라

사랑하라
사랑은 후회의 연속이라지만
후회하지 않는 그대의 사랑을 위해
오늘이 가기 전에
오늘이 마지막인 것처럼 사랑하라

_김옥림

마지막인 듯 사랑하십시오

시간은 흐르는 강물,

붙잡으려 하면 이미 늦습니다.

언제나 오늘이 마지막인 듯 사랑해야 합니다.

다시는 사랑할 수 없을 것처럼…….

후회는 사랑하는 이에게 아픔만을 줍니다.

사랑의 아픔보다 후회의 아픔이 더 큽니다.

가슴 깊이 담아둔 사랑이 있거든

밝은 햇빛 아래에서 꺼내 보십시오.

그리고 오늘이 마지막인 듯 사랑하십시오.

오직,

하나의 사랑만

두고두고 사랑하십시오.

오늘이 마지막인 것처럼 최선을 다해 살아간다면

그 삶은 후회되지 않는 값진 삶입니다.

당신의 삶이 빛나도록 사랑을 하고 싶다면

오늘이 생의 마지막 날인 듯이 사랑하십시오.

그 사랑이 행복을 넘치게 해 줄 것입니다.

어리석은 사랑

감나무 밑에서 감이 떨어지기를 기다리는 것만큼
어리석은 일은 없지요.
사랑 역시 막연히 기다려서는 다가오지 않습니다.
사랑을 부끄러워하면 쉽게 다가오지 못합니다.
사랑은 찾기 위해 애쓰는 사람에게만 다가갑니다.
'언젠가 내게도 사랑이 찾아오겠지.'
생각만 하고 있으면
사랑은 결코 찾아오지 않습니다.
사랑을 불편해하면 불안해집니다.
안타까운 사랑을 하는 것은 너무 힘이 듭니다.
용기 없는 사랑은 어리석은 사랑입니다.
현명한 사랑을 하십시오.
사랑하고 싶다면 용기를 내야 합니다.
사랑하는 사람을 향해 똑바로 달려가야 합니다.
사랑은 적극적인 사람을 좋아하니까요.

사랑은 가만히 있으면 찾아오지 않습니다.

우유부단하면 사랑을 시작할 수 없습니다.

누군가를 사랑하고 싶다면 적극적인 사람이 되십시오.

사랑은 적극적이고 능동적인 사람을 선택하기 마련입니다.

행복은 사랑으로 오는
내 인생의 파랑새입니다

사랑은 조급하게 서두르면 실패합니다.

쉽게 오는 사랑을 쉽게 받아들이면 쉽게 잃게 됩니다.

오랜 기다림만이 가슴 벅찬 사랑을 안겨 줍니다.

그것은 마치 많은 수고를 다한 다음

수확의 기쁨을 맞이하는 것과 같습니다.

사랑할 대상을 만나게 되면

꾸준히 그 사랑을 살펴보아야 합니다.

내 사랑이 맞다는 확신이 서면

그 사랑이 내게 다가오도록

먼저 손을 내밀어야 합니다.

그 사랑이 다가올 기색을 보이지 않는다면

기다려야 합니다.

사랑은 사랑을 통해서만 옵니다.

사랑이 오는 길, 사랑으로 맞이하십시오.

문을 활짝 열고 따뜻하게 미소 지어 주십시오.
이 길이 맞다고, 잘 찾아왔다고 칭찬해 주십시오.
사랑이 오면 행복도 따라오게 마련입니다.
행복은 사랑으로 오는 내 인생의 파랑새입니다.

♥

사랑의 길이란,
당신이 그 사랑의 길로 들어갈 때
비로소 펼쳐지는 것입니다.
사랑하는 사람을 만나고 싶다면
사랑의 길로 걸어가 보십시오.
당신이 간절하게 원하고 있던 그 사람이
저쪽에서 오고 있을지도 모르니까요.

사랑은 상대에게
맞추어 주는 것입니다

사랑한다는 이유만으로

상대방을 자신에게 맞추려고 한다면

그것은 독선이 되는 것입니다.

사랑을 하면 상대를 구속하고 싶어집니다.

내 마음과 똑같아지기를 원합니다.

내가 길을 걸을 때 그가 무엇을 하고 있을지,

내가 그를 생각하고 있을 때

그는 무엇을 하고 있을지 궁금해집니다.

사랑이 궁금해지면 기다리기 힘들어집니다.

호라티우스는

'사랑을 할 줄 아는 사람은

자기의 정열을 지배할 줄 아는 사람이다.

반대로 사랑을 할 줄 모르는 사람은

자기의 정열에 지배를 받는 사람이다.'라고 했습니다.

정열의 지배를 받다 보면 오만에 사로잡히게 됩니다.

사랑한다는 이유만으로 사랑을 구속하지 마십시오.

자신의 정열을 지배할 줄 모르면

불행과 고통만 남게 된답니다.

♥

사랑한다는 이유로 상대방에게 사랑을 강요하는 것은

이기적이고 독선적인 사랑입니다.

이런 이율배반적인 사랑은 진실한 사랑이 아닙니다.

참사랑을 원한다면 사랑하는 이에게 맞추십시오.

그것이 참된 사랑의 비법입니다.

배려하는 마음

사랑싸움은

아주 사소한 것에서부터 시작합니다.

그것은 작은 일에는 무관심하고

대충 넘어가려고 하기 때문입니다.

사람은 감정의 지배를 받기 때문에

똑같은 분위기에서도 받아들이는 느낌이 달라지기 쉽습니다.

자신에게는 기쁜 일도

상대방의 마음을 상하게 하는 경우가 있을 수 있습니다.

무관심하거나 대충 넘어가려고 할 때,

사랑에 대해 화가 납니다.

그러나 한 발 물러나 바라보십시오.

사랑에 배려하는 마음이 없으면

날카로운 가시만 돋아납니다.

배려하는 사랑 속에는

상대방을 향한 고운 마음이 샘물처럼 흐릅니다.

배려하는 마음이 없을 때에는

아픔과 시련이 도둑고양이처럼 다가옵니다.

사랑의 가시에 찔려 아파하고 싶지 않다면

따뜻하게 배려해 주십시오.

어느새 품안에 들어온 사랑을

확인할 수 있을 것입니다.

♥

사랑은 배려하는 마음에서 더욱 아름다워집니다.

참아 주고, 기다려 주고, 베풀어 주는 마음에 감동 받을 때까지

먼저 사랑하는 이를 배려해 주십시오.

그 배려가 더 큰 행복이 되어 돌아올 것입니다.

사랑을 계산하지 마십시오

사랑은 계산으로 통하지 않는 원칙이 있습니다.

그것은 사랑이 마음에서 오는 것이기 때문입니다.

사랑을 계산할 수 있다면 아무런 걱정이 없을 것입니다.

얻어진 답보다 백 배, 천 배 더 사랑하면 될 것이기에.

하지만 사랑은 계산을 바라지 않습니다.

사랑은 뜨거운 가슴으로 품어야 합니다.

사랑의 답은 사랑하는 사람이 내는 것입니다.

당신은 사랑의 방정식만 정하십시오.

다른 사람이 풀 수 없는 세상에 하나뿐인 식을.

사랑하는 사람을 위해서라면 숫자로 계산하지 마십시오.

마음으로 계산하여 사랑을 풍족하게 하십시오.

그 사랑이 나에게 큰 선물이 되어 돌아올 수 있도록 말입니다.

이것이 바로 마음으로 하는 사랑의 계산법입니다.

사랑은 쉽게 계산할 수 없습니다.

또 당신과 사랑하는 이가 아닌 다른 사람은

절대 정답을 얻어낼 수 없습니다.

사랑이 깊고 클수록 사랑의 계산법도 쉬워집니다.

사랑의 아픔을
두려워하지 마십시오

때로는 사랑으로 인해 상처를 받기도 하지요.

사랑이 언제나 행복하다면 얼마나 좋을까요?

누구든 상처받기를 원하지 않습니다.

눈물을 두려워합니다.

그렇지만 사랑의 아픔을 두려워해서는 안 됩니다.

사랑의 아픔은 사랑할 줄 아는 사람만이

이겨낼 수 있습니다.

사랑의 아픔을 겪어 보아야

사랑하는 사람을 더욱 소중하게 여기고,

더 큰 열정으로 사랑할 수 있게 될 것입니다.

굴곡 없는 사랑이 최선이라는 편견은 버리십시오.

사랑하는 사람들 사이에는 굴곡진 사랑도 있고,

상상할 수 없는 고통의 사랑도 있습니다.

자신의 사랑에 아픔이 찾아오면

그 아픔까지도 사랑하십시오.

비바람 부는 여름이나 눈보라치는 겨울은

화려한 봄과 아름다운 가을 그 사이에 있을 뿐입니다.

♥

사랑 속에는 아픔과 눈물과 한숨이 있습니다.

이것이 두렵습니다.

지금 사랑의 아픔 속에 괴로워하고 있다면

용감하게 털고 일어나십시오.

사랑의 아픔은 사랑을 통해서만 치유할 수 있습니다.

이겨낼 수 없는 사랑의 아픔 따위는 없습니다.

사랑은 관심에서 옵니다

사랑은 서로에 대한 관심에서 오는 것입니다.
관심이란 상대방에 대한 호의적인 반응이지요.
좋아하는 사람에게
'내 마음이 당신에게 있다.'라고
알려 주어야 합니다.
왠지 관심이 간다면, 계속 신경이 쓰인다면
아마 사랑일 겁니다.
사랑은 상대에 대해서 알고 싶어 하는 마음입니다.
관찰해 보십시오.
그 사람이 기쁠 때 얼마나 크게 웃는지.
화낼 때 얼마나 찡그리는지.
그리고 기억하십시오.
그 손짓, 그 말투…….
언젠가 당신만을 위한 것이 될 것입니다.

작은 일에도 관심을 가지십시오.

그래야 진실한 사랑을 할 수 있습니다.

작은 일에 충실하면 큰일에는 더욱 진지해집니다.

♥

사랑은 서로에 대한 관심에서 싹트는 것입니다.

관심은 사랑으로 가는 시작입니다.

당신이 그 사람을 내 것으로 만들고 싶다면

그 사람에게 관심을 가지십시오.

다른 사람의 눈에는 보이지 않는 소중한 것들이

눈에 들어올 것입니다.

사랑은 기쁨이며 희망입니다

사랑의 기쁨은 아무도 그려낼 수 없습니다.

사랑하고 있는 사람조차 표현할 수 없는 감정을

누가 담아낼 수 있겠습니까?

사랑처럼 사람의 마음을 기쁘게 하고,

희망에 부풀게 하는 것은 없습니다.

사랑의 기쁨은

세상 무엇과도 견줄 수 없을 만큼 화려합니다.

그 에너지는 참으로 강렬해서

누구에게나 희망을 갖게 합니다.

사랑은 기쁨이며, 희망인 것입니다.

당신이 사랑하는 그 사람에게 더욱 가까이 다가가

사랑의 기쁨이 되어 주고, 희망이 되어 주십시오.

솟구치는 기쁨을 누를 수 없어

어쩔 줄 모르는 당신,

소리치십시오.

"사랑한다. 사랑한다."라고…….

사랑처럼 사람의 마음을

설레고 기쁘게 하는 것은 없습니다.

사랑은 그 자체가 기쁨이고 행복입니다.

당신이 먼저 손을 내밀어 사랑의 기쁨을 전해 주십시오.

사랑은 먼저 행동으로 옮기는 사람에게

더 큰 기쁨이 되는 법입니다.

사랑의 독毒

처음에는 호기심으로 사랑을 시작했다가
싫증이 나면 어쩔 줄 모르고
거북해하는 사람들이 많습니다.
영원한 사랑을 원하는 사람도
때론 자신의 사랑을 버거워합니다.
달아나고 싶어 안타까워합니다.
사랑을 가볍게 여기는 사람은 사랑의 독을 마실 뿐입니다.
깊게 베인 상처처럼 지울 수 없는 흔적을 남깁니다.
깨어진 사랑은
길 위를 구르는 돌처럼 쓸쓸하고 허망합니다.
쾌락에 눈이 멀면 독이 든 사랑을 하게 됩니다.
독이 든 사랑은 나와 너,
우리 모두를 흔들어놓고 말 것입니다.

사랑의 독을 마시고 싶지 않다면

사랑의 진실을 잊지 마십시오.

사랑을 소중하게 지켜갈 때

사랑이 무엇인지 알게 될 것입니다.

♥

사랑은 진지하고 경건하며 숭고한 것입니다.

사랑을 가볍게 여긴다면 쉽게 파국을 맞이하게 될 것입니다.

진심으로 사랑하십시오.

진심 앞에서 사랑은

날마다 새로워지고, 열정적이게 될 것입니다.

CHAPTER 5

다시 태어나도
그대를 사랑하겠습니다

다시 태어나도
그대를 사랑하겠습니다

다시 태어나도
그대를 사랑하고 싶은 것은
한 번이라도 나를 위해 울어 준 사람이
바로 그대였기 때문입니다.

그대는 한 번도
그대 자신을 위해 울어 본 적이 없는
그렇게도 강인한 사람이었지만
이렇게 연약한 나를 위하여
눈물을 보여 주었습니다.

다시 태어나도
그대를 사랑하고 싶은 것은
이제 내가 그대를 위해
울어 줄 차례이기 때문입니다.

_J. 포스터

부드러운 사랑

뻣뻣한 나무는 거센 힘에 쉽게 부러집니다.

힘을 주면 줄수록 힘없이 부러집니다.

하지만 길가에 아무렇게나 피어 있는 풀꽃은

강한 비바람이 몰아쳐도 부러지지 않습니다.

이리 휘어지고 저리 짓밟혀도 보란 듯이 꽃을 피웁니다.

그 어떤 것보다도 생명력이 강합니다.

사랑하는 사람들은 이런 풀꽃의 끈기를 배워야 합니다.

사랑은 참고 기다리는 것입니다.

사랑할 때는 화나는 일이 있어도 참으십시오.

참는 것은 강하고 지혜로운 일입니다.

참을 줄 아는 마음은 배려할 줄 아는 마음입니다.

참음으로써 화를 사랑으로 다스리는 지혜를 얻으십시오.

참고 기다리는 사랑이 오래갑니다.

사랑은 유연해야 합니다.

거친 사랑은 감동을 주지 못합니다.

오래가는 사랑을 원한다면 부드러운 마음을 가지십시오.

유연하고 부드러운 사랑만이 감동을 주고,

그 사랑을 오래도록 이어지게 만들 것입니다.

사랑은
미래에 대한 약속입니다

사랑 앞에서는 누구나 진실해지길 원합니다.

사랑의 마음이 따뜻하길 바라고,

사랑의 마음으로 자유롭길 바랍니다.

사랑하는 마음에는 소망이 있습니다.

사랑하는 마음은 불가능도 가능하게 만듭니다.

그 어떤 절박한 상황에서도 희망을 가지라고 속삭입니다.

사랑하는 사람들은 늘 미래를 생각합니다.

과거에 얽매이지 않고

더 나은 삶의 주인공이 되고자 합니다.

사랑은 미래에 대한 뜨거운 약속입니다.

당신은 미래를 향한 사랑을 만나십시오.

사랑이 함께 하면 고통도 웃음이 되는 여유를 갖게 됩니다.

그 사랑에 열정을 다하는 것이

아름다운 미래를 꿈꾸는 사람입니다.

그 사랑에 열정을 다 바쳐 사랑하십시오.

사랑하는 마음에는 미래가 있습니다.

그래서 사랑하는 사람들은 미래를 생각하며 사랑을 키워갑니다.

미래가 없는 사랑은 오래가지 못하고

쉽게 깨어져 서로에게 상처만 주게 됩니다.

당신은 아름다운 미래를 위해 진실한 사랑을 하십시오.

존귀한 사랑

사랑도 사랑 나름이라는 말이 있습니다.

사랑이라고 해서 모두 무게가 같은 것은 아닙니다.

존귀한 사랑만이 무게가 있을 뿐입니다.

세상을 사는 동안 누구나 한 번쯤은

존귀한 사랑을 꿈꾸며

그런 사랑의 주인공이 되고자 합니다.

존귀한 사랑이란 어떤 사랑일까요?

서로가 서로에게

처음이자 마지막 사랑이 되어야 합니다.

겉으로는 사랑하는 척하고,

마음속으로는 다른 사람을 생각하는 사랑은

거짓된 사랑입니다.

당신은 처음이자 마지막인 것처럼 사랑하십시오.

그 사랑이 당신을 푸르고 싱싱하게 할 것입니다.

사랑을 하면서 또 다른 사랑을 꿈꾸는 것처럼

어리석은 일은 없습니다.

사랑을 여러 층으로 나눌 수 있다면

존귀한 사랑이 가장 소중하고 아름다운 층에 속할 것입니다.

존귀한 사랑은 늘 푸른 소나무와 같이

싱싱한 삶, 값진 삶을 살게 해 줄 것입니다.

세상을 사는 동안 존귀한 사랑의 주인공이 되십시오.

사랑은 영원한 생명입니다

사랑처럼 영원한 것은 없습니다.

만물이 생겨난 후,

지금까지 모두 사랑을 했고,

지금 사랑을 하고 있으며,

앞으로도 사랑을 할 것입니다.

사랑은 완료형이 아니라 언제나 현재 진행형입니다.

지금 하고 있는 사랑이 가장 아름답고 기쁜 것입니다.

지나간 사랑은 추억으로 아름다울 뿐입니다.

가슴이 뜨거워 견딜 수 없도록

사랑하고 또 사랑해야 합니다.

사랑이 끝나면

구름에 가려진 태양처럼

허무하고 안타까울 것입니다.

당신의 뜨거운 피만큼 뜨거운 사랑을 하십시오.

당신의 가슴이 식어 재가 되지 않도록 그렇게,

그렇게 사랑하고 사랑해야 합니다.

사랑은 영원한 자유이며, 무한한 생명입니다.

사랑은 영원한 자유이면서 무한한 생명력의 근원입니다.

영원한 사랑은 변함없이 사랑하는 힘에서 솟아나는 것입니다.

당신은 항상 사랑하는 마음을 잃지 마십시오.

당신의 사랑이 식어 재가 되지 않도록

늘 사랑의 불꽃을 뜨겁게 간직해야 합니다.

혼자 하는 사랑

사랑을 한다는 것은

마음을 정갈하게 비우는 일입니다.

마음을 비우지 못하면

사소한 일에도 고통 속에 빠지고 맙니다.

사랑은 혼자 하는 것이 아닙니다.

혼자 하는 사랑은 이룰 수 없기에 아픕니다.

아무리 바라보아도 눈길 주지 않는 사랑,

아무리 다가가도 가까워지지 않는 사랑은 상처만 남깁니다.

사랑은 둘이서 만들어가는 하나 되기입니다.

당신은 마음을 비우십시오.

당신의 사랑이 들어와 둥지를 틀 수 있도록

넓고 크게 비워야 합니다.

그리고 자신을 낮추십시오.

당신의 사랑이 들어와 둘이 될 수 있도록

낮게 팔을 벌려야 합니다.

둘이 만들어 가는 사랑은

언제나 아름답고 진실해 보입니다.

♥

혼자 하는 사랑은 사랑의 아름다움을 알려 주지 않습니다.

사랑의 상처를 입고 고통 받을 뿐입니다.

둘이 만나 하나가 되는 평범한 진리의 사랑을 하십시오.

사랑이 아름다운 것은 둘이 하나가 되기 때문입니다.

행복은 언제나 저만치 떨어져 손짓하는 것입니다

살다 보면 어떤 일에 부딪혀

실망스러워하거나 마음 아파하기도 합니다.

우리가 가야 하는 인생의 길,

행복은 언제나 저만치 떨어져 손짓을 합니다.

어려운 일, 실망하는 일, 가슴 아픈 일, 고달픈 일.

그러나 포기하지 않고 그 길을 지나게 하는 것은

우리에게 사랑이 있기 때문이겠지요.

사랑이 없다면 살아가야 할 이유를 떠올리지 못할 것입니다.

아무리 삶이 나를 속이고 고달프게 할지라도

실망하지 말고 사랑함으로써

그 길에서 벗어나는 지혜를 가져야 합니다.

동서고금을 막론하고

사랑 없이 살아갔던 사람은 아무도 없습니다.

사랑에 기대어 보십시오.

사랑은 가장 위대한 희망이며,

가장 확실한 삶의 목적입니다.

──────── ♥ ────────

삶의 가장 위대한 희망은 '사랑'입니다.

좌절하고 극복하고,

고난과 역경을 이겨낼 수 있는 삶의 목적이기도 합니다.

사랑은 우리 모두의 따뜻한 희망입니다.

사랑이 언제나 내 안에 있기를 바란다면,

사랑이 당신을 잊지 않도록 항상 품어 주십시오.

마음을 움직이는 힘

사랑은 서로의 관심에서 출발합니다.

관심은 상대방의 마음을 움직이게 하는 힘입니다.

사람은 누구나 자신에게 관심을 갖는 사람에게

관심을 갖기 마련입니다.

자신에게 관심을 두지 않는 사람에게

관심을 보내는 사람은 없는 법이니까요.

마음이 움직일 때 사랑이 시작됩니다.

사랑의 관심은 가장 아름다운 자기표현입니다.

사랑을 눈여겨보십시오.

작은 몸짓 하나에도

떨리는 감동을 받게 될 것입니다.

그 감동은 또 다른 관심으로 이어집니다.

풍요로운 사랑의 결실을 위해서는 관심을 표현해야 합니다.

자신의 작은 일도 잊지 않고 기억해 주는 사람에게

감동을 보이지 않는 사람은 없으니까요.

상대방의 마음을 움직이게 하는 것은

그 사람에 대해 관심을 보일 때입니다.

관심 속에 맺어진 사랑은 오래가고,

그 사랑은 삶을 풍요롭게 해 줍니다.

가을의 어느 날처럼, 넉넉하고 아름다운 삶을 원한다면

사랑에 대해 작은 일이라도 관심을 기울이십시오.

삶의 목적

어떤 사람이든 살아가는 목적이 있습니다.

그 목적 중에서 가장 눈부신 것은

두말할 나위 없이 아름다운 사랑일 것입니다.

사랑처럼 사람을 들뜨게 하고

설레게 하는 것은 없습니다.

사람들은 누구나 은혜로운 사랑을 원합니다.

그런 사랑은 생각만으로도 황홀하기 때문입니다.

사랑에 빠진 이의 얼굴을 보십시오.

아침 햇살보다도 눈부시지 않습니까?

사랑만큼 사람을 변하게 하는 것은 없습니다.

사랑의 힘이 얼마나 놀라운 것인지

새삼 느끼게 될 것입니다.

미소가 떠나지 않는 얼굴, 열정적인 모습,

모두 사랑이 만든 것입니다.

삶의 목적을 이룬 사랑스러운 당신의 모습입니다.

충실한 사랑을 위해 최선을 다하십시오.

삶의 목적은 누구나 조금씩 다르겠지만,

공통된 삶의 목적은 아름다운 사랑을 하는 일일 것입니다.

아름다운 사랑을 하면 매일 뜨는 태양도 매일 다르고,

매일 보는 거리도 매일 다르게 느껴질 것입니다.

긍정적인 사랑을 통해 삶의 목적을 이루어 내십시오.

눈물겨운 사랑이란

눈물은 많은 것을 이야기합니다.

하물며 사랑의 눈물이라니, 얼마나 아픈 말입니까?

하지만 눈물겨운 사랑은

당신에게 사랑의 진실을 알게 해 줄 것입니다.

눈물겨운 사랑이란 감동적인 사랑을 말합니다.

눈물겨운 사랑은 그 깊이만큼 더 진한 감동으로 다가옵니다.

눈물겨운 사랑,

알아 줄 때까지 기다리십시오.

감동적인 사랑 앞에서는 누구라도 한순간에 무너져 내립니다.

아무리 무심한 사람도

당신의 진실한 눈물 앞에서는 무너져 내릴 것입니다.

눈물겨운 사랑에 용기를 내야 합니다.

감동이 있는 사랑은 언제나 아름다운 얼굴을 하고 있습니다.

아름답고 넉넉한 사랑을 위해서라면

사랑하는 이에게 감동을 주어야 합니다.

♥

눈물겨운 사랑이란

더할 수 없는 감동을 지닌 사랑이라고 할 수 있습니다.

사람을 감동시키는 눈물겨운 사랑,

섬세한 당신이라면 도전해 보십시오.

정성을 다하는 당신의 사랑에

눈물을 닦아 주는 따뜻한 손길을 느낄 수 있을 것입니다.

행복했다고
말할 수 있는 사랑

삶의 끝에서 눈을 감을 때,

내 손을 따뜻하게 잡아 줄 사람이 있다면

행복할 것입니다.

그 사람이

"당신을 사랑해서 참으로 행복했어."

라고 말해 준다면 더 행복할 것입니다.

그런 사랑이 참으로 아름다운 사랑입니다.

사랑의 고백은 언제 들어도 가슴을 떨리게 합니다.

사랑의 고백은 아무나 할 수 없습니다.

사랑의 고백은 아무에게나 할 수 없습니다.

숭고한 사랑의 고백을 하십시오.

당신도 진정한 사랑의 고백을 듣게 될 것입니다.

당신도 얼마든지 숭고한 사랑의 주연이 될 수 있습니다.

그런 사랑을 하십시오.

"당신이 있어 나의 삶은 참으로 행복했어."

이런 말을 들을 수 있는 사람은 얼마나 행복한 사람이겠습니까?

이런 사랑의 주인공이 되고 싶다면,

먼저 사랑하는 사람에게

사랑하는 일이 얼마나 행복한 일인지 알려 주십시오.

CHAPTER 6

함께하는 사랑이
아름답습니다

바로 나이게 하소서

그대와 함께 산길을 걷는 사람이
바로 나이게 하소서.

그대와 함께 꽃을 꺾는 사람이
바로 나이게 하소서.

그대의 속마음을 털어놓는 사람이
바로 나이게 하소서.

그대와 비밀스런 얘기를 나누는 사람이
바로 나이게 하소서.

슬픔에 젖은 그대가 의지하는 사람이
바로 나이게 하소서.

행복에 겨운 그대와 함께 미소 짓는 사람이
바로 나이게 하소서.

그대가 사랑하는 사람이
바로 나이게 하소서.

_S. P 슈츠

오늘보다 나은
내일이 기다립니다

오늘보다는 내일이,

내일보다는 그 다음 날이 새롭기를 바랍니다.

사람이란 새롭게 변화하는 것을 좋아하기 때문입니다.

변화 없는 삶은 잡을 수 없는 뜬구름과도 같습니다.

지금보다 더 나은 내일을 위해서라면

망설이지 말고 자신과

자신이 아끼고 사랑하는 사람을 위해

새로운 열정을 가져야 합니다.

사랑은 새로운 것을 기대하고 들뜨게 합니다.

사랑을 내 안으로 불러들이십시오.

더 나은 내일을 위해, 사랑하는 사람을 위해…….

역동적인 사랑은 새로운 변화를 가져다주고,

그 변화 속에 값진 삶을 누릴 수 있게 해 줍니다.

사랑하는 사람이 늘 새로워지기를 원한다면
당신의 변화된 사랑을 아낌없이 보여 주십시오.
살아 있음이 얼마나 값진 일인지 알게 될 것입니다.

--------- ♥ ---------

역동적인 힘은 사랑을 항상 새롭게 만들어 줍니다.
사랑하는 사람에게 신선함을 주고,
즐거움을 주고, 기쁨을 주는
역동적인 사랑을 하십시오.
도전은 늘, 새로워지기를 원하는
당신의 사랑을 충족시켜 줄 것입니다.

사랑의 존재

사랑의 존재란 과연 무엇일까요?

사랑만이 가지고 있는 매력은 무엇이기에

사랑에 빠져 웃기도 하고, 울기도 하는 것일까요?

사랑은 사람의 힘으로는 어쩌지 못하는

오묘한 진리입니다.

사랑만이 가지고 있는 매력이며 실체인 것입니다.

어떤 능력으로도,

어떤 생각으로도,

어떤 시간으로도,

해결할 수 없는 영원불멸의 이상입니다.

그래서 사람들은 저마다 사랑을

삶의 궁극적인 이상으로 여기고 있습니다.

사랑의 존재를 확인하십시오.

신비로운 사랑의 힘을 느낄 수 있을 것입니다.

사랑은 누구나 추구해야 할 아름답고 숭고한 삶의 가치입니다.

♥

사랑이란 무엇이기에

'사랑'이라는 말만 들어도 가슴이 벅차오르고,

그 사랑에 빠져들게 하는 것일까요?

사랑은 우리 모두의 이상이며 삶의 실체입니다.

사랑하십시오.

당신의 생명이 다할 때까지 사랑하십시오.

침묵할 줄 아는 사랑

말없이 바라만 보아도 깊어가는 사랑이 있습니다.

사랑하는 이가 마음을 아프게 했을 때,

아무 말 없이 침묵하는 사람은

진정 아름다운 사람입니다.

마음으로 사랑하는 이의 마음을 살필 수 있다는 것은

그만큼 사랑을 안다는 것입니다.

그리고 침묵한다는 것은

사랑하는 사람을 진정으로 사랑하기 때문에

다툼에서 오는 그 어떤 아픔도

원하지 않고 있다는 것입니다.

말하지 않아도 당신의 생각이 고스란히 전달될 것입니다.

침묵은 어떤 말보다도 더 설득력이 있습니다.

사랑의 아픔을 말만으로는 해결할 수 없지요.

오해를 풀어보려고 애를 쓰면 쓸수록

더 엉켜버리기 마련입니다.

진정 사랑한다면 때론 침묵하십시오.

어느 순간,

사랑하는 사람이 당신의 진심을 이해해 줄 것입니다.

❤

사랑에 대해 생각이 많을 때, 말을 아껴야 합니다.

사랑하는 사람이 오해하거나 마음을 아프게 할 때,

말하지 말아야 합니다.

진실이 알려질 때까지 침묵하십시오.

오해를 풀려고 하면 더욱 마음 아파지는 것이

사랑이기 때문입니다.

깊은 사랑

깊이 있는 사랑을 하고

의미 있는 사랑을 하려면

자신을 과신하거나 가벼이 처신해서는 안 됩니다.

자신을 자꾸 드러내려다 보면 실수를 하게 마련입니다.

그렇게 되면 상대방으로 하여금

자신을 신뢰할 수 없게 만들고 불안하게 만듭니다.

사람들은 자신의 사랑이 가볍지 않기를 원합니다.

사랑의 깊이는 그 끝을 알기 어렵습니다.

자신을 쉽게 드러내지 않는 것이

사랑의 깊이를 더해 주는 것입니다.

사랑에 흔들리지 않으려면 쉽게 드러내지 말아야 합니다.

가벼운 것은 쉽게 흔들립니다.

당신을 너무 드러내려고 하지 마십시오.

천천히 보여 줘도 됩니다.

조금씩 보여 줘도 됩니다.

사랑의 깊이가 느껴질 때까지

사랑의 의미를 생각해야 합니다.

❤

나보다는 사랑하는 이를 더 사랑하고 감쌀 때

사랑의 깊이가 깊어집니다.

깊은 사랑은 서로에게 깊은 신뢰를 보여 줄 때 이룰 수 있습니다.

깊은 사랑을 원한다면,

당신이 사랑하는 이의 모든 것을 아낌없이 사랑하십시오.

사랑의 포로가
되어 보세요

진심으로 사랑한다면

사랑하는 사람의 포로가 되어도 좋습니다.

그 울타리에서 마음껏

풍요로운 인생을 누릴 수 있기 때문입니다.

그 사람만 생각하게 되어

사랑이 더욱 깊어지고 값지게 됩니다.

사랑의 구속은 사랑하는 사람만 사랑하라는 것입니다.

사랑하는 사람을 위해 사랑의 포로가 되십시오.

아름다운 구속은 더 깊은 사랑을 낳고,

진정한 자유로움을 알게 해 줄 것입니다.

자신이 사랑하는 사람의 포로가 된다는 것은

구속이 아니라 진정한 자유를 얻는 것입니다.

아름다운 인생을 위해서

사랑하는 사람의 사랑 안에서

사랑의 포로가 되는 것을 주저하지 마십시오.

사랑의 포로가 되는 것은

당신의 인생을 풍요롭고 멋지게 만드는

아름다운 구속입니다.

♥

사랑의 포로란 아름다운 구속을 말합니다.

아름다운 구속은 역설적인 의미를 가지고 있습니다.

사랑하는 한 사람, 그 사람만을 사랑하라는 뜻입니다.

이것은 아름다운 사람들만이 할 수 있는 사랑의 기술입니다.

사랑의 쉼터

살아가면서 누군가에게 의지하고 기댈 수 있는
편안함을 주는 것처럼 아름다운 것은 없습니다.
그것은 상대방을 배려하는
따뜻한 마음과 행동에서 나오는 것입니다.
그러나 이러한 배려는 아무나 할 수 있는 것은 아닙니다.
많은 노력이 필요한 일입니다.
사람들은 누군가에게 기대고 의지할 수 있을 때,
편안하고 행복함을 느끼게 됩니다.
그것이 사랑하는 사람이라면 더욱 아름다울 것입니다.
사랑하는 사람에게 기대어 있는 당신은 아름답습니다.
사랑은 사랑하는 사람에게 쉼터가 되어야 합니다.
사랑하는 사람을 따뜻하게 안아 주는 영혼의 쉼터가 되십시오.
당신이 사랑하는 사람이
행복해하는 모습을 볼 수 있을 것입니다.
그런 사랑이 필요한 시대에 우리는 살고 있습니다.

사랑하는 사람이 마음 편하게 쉴 수 있고

속마음을 털어놓을 수 있는 사람,

그런 사람이 사랑의 쉼터가 될 수 있습니다.

사랑하는 사람의 기쁨을 곁에서 지켜보는 일만큼

가슴 벅찬 일은 없을 것입니다.

당신은 사랑하는 사람에게 필요한 사랑이 되십시오.

사랑의 위안

슬픔에 젖어 모든 것을 포기하고 싶을 때,
사랑하는 사람의 따뜻한 위로는
놀라운 능력을 발휘합니다.
깊은 슬픔에도 방황에 지친 마음에도
새로운 생명력을 불어넣어 줍니다.
사랑하는 사람의 따뜻한 위로는
값으로는 따질 수 없는 소중한 힘입니다.
진정한 사랑은 어려울 때 돕는 마음입니다.
사랑하는 사람이 슬픔에 빠져 있을 때,
다시 길을 갈 수 있도록 사랑의 불을 밝혀 주십시오.
따뜻한 불, 밝은 불에 용기를 얻어 일어설 수 있도록
함께 손잡아 주는 실천이 필요합니다.
그리고 당신만이 사랑하는 사람을 위해
최선을 다할 수 있다는 신념과 믿음을 보여 주십시오.
그 사랑이 당신과 당신이 사랑하는 사람을
더욱 행복하게 만들어 줄 것입니다.

지치고 힘들 때, 슬픔에 빠져 괴로울 때,

가장 필요로 하는 것이 있다면

그것은 사랑하는 사람의 따스한 위안과

용기를 주는 손길일 것입니다.

누구에게나 따스한 마음이 있습니다.

사랑하는 사람에게 따스한 마음을 전해 주십시오.

사랑은
거룩한 본능입니다

사람이 사랑을 하는 이유는
고독한 존재이기 때문이랍니다.
고독은 무섭고 잔인한 것입니다.
그것은 마치 이빨을 드러내고
시도 때도 없이 으르렁거리는,
정체를 알 수 없는 괴물처럼
우리의 마음과 몸을 두렵도록 조여 옵니다.
그래서 고독에 빠져 고독을 이겨내지 못한 사람은
영원한 절망에 생을 마감하기도 합니다.
키에르케고르는
'고독은 절망에 이르는 병'이라고 했습니다.
하지만 어떤 지독한 고독도 사랑은 이겨낼 수 있습니다.
사랑은 외로움을 이겨내게 해 줍니다.

당신이 고독하다고 느껴질 때, 사랑을 하십시오.

그 사랑이 당신을 고독한 괴로움에서

헤어날 수 있게 해 줄 것입니다.

밝은 미소로 살아가게 해 줄 것입니다.

♥

누구나 혼자일 때는 고독하지만,

함께할 때는 아름다운 낙원입니다.

사람은 사랑을 통해서만 행복해질 수 있기 때문입니다.

고독해하지 말고 사랑하십시오.

사랑은 거룩한 본능이며, 삶의 실존입니다.

인간의 궁극적 소원은
사랑입니다

사랑 안에서 영원을 누리며 살고 싶은 것은

모두의 꿈입니다.

사랑과 행복은 분리하려고 해도 분리할 수 없는

동전의 양면과도 같습니다.

만약 이 세상에 사랑과 행복이 없다고 생각해 보십시오.

삶의 의미가 퇴색해 버리고 말 것입니다.

아무리 물질이 산더미처럼 쌓여 있다고 해도

인간의 마음을 충족시키지는 못할 것입니다.

무한한 권력을 소유했다고 해도

인간의 욕망을 잠재우지는 못할 것입니다.

영원한 사랑은 모든 사람의 평생소원입니다.

세상 그 무엇도 사람의 욕망을 잠재우지는 못합니다.

허무한 사랑의 감정은 사랑으로 채울 수밖에 없습니다.

평생의 소원, 사랑하십시오.

사랑이란 사람에게 있어

영원한 삶의 과제이자 영원한 소원입니다.

————————— ♥ —————————

인류가 등장한 이래로 지금까지 공통된 소원이 있다면

그것은 바로 사랑일 것입니다.

사랑이 없다면 삶의 의미가 퇴색해버리고 말 것입니다.

그 영원하고 꺼지지 않는 사랑을 위해서

당신의 열정과 노력을 바치십시오.

—————————————————

유구한 생명

사랑에 빠진 사람은
즐거워서 어쩔 줄 모르지만
사랑을 잃은 사람은
어두운 그늘 속에서 어쩔 줄 모릅니다.
떠나는 사랑이 그 사람의 아름다운 마음을
모두 거두어가기 때문입니다.
사랑은 삶을 지탱시키고 발전시키는
끊임없는 생명입니다.
인간들의 삶은 사랑에서 왔고
그 사랑으로 삶을 지탱하며 발전해가는 것입니다.
인류의 역사는 어쩌면 사랑의 역사라고 할 수 있습니다.
우리가 아는 역사 속의 사람들도 하나같이
자신이 사랑하는 사람들과 열렬한 사랑을 하고,
그 사랑을 통해 문명을 발전시켰으며,
새로운 역사를 창조해냈습니다.

사랑은 단순한 것이 아니라 생명적이고 철학적인 것입니다.

역사의 한 부분, 이제 당신이 써보십시오.

창의적이고 창조적인 새로운 역사는

사랑과 함께 계속될 것입니다.

사랑은 유구한 생명이며,

삶의 가장 큰 부분이라는 것을

한시도 잊지 마십시오.

♥

세상의 만물 중에서 유구한 것은 없습니다.

그 무엇이든 때가 되면 역사 속으로 사라지고 맙니다.

그렇지만 단 하나,

사랑은 혼을 담고 있어서 유구한 생명력을 가집니다.

잊지 말고 그 사랑으로 돌아가 행복을 꿈꾸십시오.

CHAPTER 7

이런 사랑을
하고 싶습니다

이런 사랑

세상에 둘도 없는 친구나
이 세상 하나뿐인 다정한 엄마도
가끔 멀리하고 싶을 때가 있는데
당신은 아직 한 번도 싫은 적이 없습니다.

어떤 옷에도 잘 어울리는 벨트나
예쁜 색깔의 매니큐어까지도
몇 번 쓰고 나면 바꾸고 싶지만
당신에 대한 마음은
아직 한 번도 변한 적이 없습니다.

새로 산 드레스도
새로 나온 초콜릿도
며칠만 지나면 곧 싫증나는데
당신은 아직 한 번도
싫증난 적이 없습니다.

오래 숙성된 포도주나 그레이프 디저트도
매일 먹으면 물리는데
당신은 매일매일 같이 있고 싶습니다.

_버지니아 울프

사랑의 품격

사랑에도 품격이 있습니다.

품격이 있는 사랑은 보기 좋습니다.

품격이 있는 사랑은 단아하고 우아합니다.

넉넉하고 달콤하며 부드럽습니다.

품격이 없는 사랑은 가벼워서 우러러 보이지 않습니다.

왠지 거부하고 싶은 마음이 들 뿐입니다.

사랑은 우쭐대는 것이 아닙니다.

영혼과 영혼을 이어주는 종교와도 같은 것입니다.

격이 높은 사랑이 진정 아름다운 사랑입니다.

사랑을 가볍게 여기지 말아야 합니다.

품격이 있는 사랑, 품격을 아는 사랑을 하십시오.

겸손하고 경건한 사랑이 품격이 있는 사랑입니다.

그런 사랑이 당신의 영혼을 맑고 깨끗하게 해 줄 것입니다.

품격이 있는 사랑은 여유롭고 우아하고 아름다워 보입니다.

경건한 종교와도 같이 엄숙함마저 느껴집니다.

품격이 있는 사랑은 당신의 영혼을 맑게 해 줍니다.

격이 높은 사랑을 하십시오.

넉넉한 깊이가 느껴지는 그런 사랑 말입니다.

사랑의 깊이

사랑의 필요조건은 진실한 마음입니다.
사랑의 본질을 잃어버린 조건들은
사랑의 순수성을 외면한 껍질일 뿐입니다.
사랑의 깊이는 사랑의 진실로 잴 수 있습니다.
목적을 기대하는 사랑이나 조건을 다는 사랑은
슬프고 허망합니다.
사랑에 조건을 거는 것은
순수함보다는 목적을 우선하기 때문입니다.
목적을 기대하는 사랑이나 조건을 다는 사랑은
우리를 허망하고 슬프게 합니다.
그런 사랑은 어디까지가 진실인지조차 알 수 없게 하는
모호함이 숨어 있습니다.
그래서 조건이 상실되면 가차 없이 버리게 됩니다.
고귀한 사랑과 행복의 소중함에 조건을 걸다니
그건 너무 경망스럽지 않습니까?

당신은 그런 사람이 아니기를 바랍니다.

신성한 사랑을 찾으십시오.

참사랑의 깊이를 느낄 수 있습니다.

♥

사랑에 조건을 둔다면

그것처럼 비참한 일은 없을 것입니다.

조건을 거는 사랑은 깊이가 없는 얕은 사랑입니다.

뿌리가 드러나 보이는 얕은 사랑은 하지 마십시오.

깊이 뿌리를 내린 순결한 나무처럼

진정 깊이 있는 사랑만을 해야 합니다.

오묘한 사랑

사랑에 빠지면 한시도 떨어져 있지 못합니다.

아니 떨어져 있기를 싫어합니다.

마음이 사랑하는 사람에 의해서 조종되고 있기 때문입니다.

안 보면 보고 싶고,

만났다 헤어지는 그 순간부터

다시 보고 싶은 마음에 앞이 캄캄해지는 것입니다.

사랑이란 사랑하는 사람을 못 잊게 하는 병입니다.

오직 사랑하는 사람만을 생각하게 합니다.

사랑하는 사람이 차지하고 있는 자리는

그리움으로 그득합니다.

사랑에 빠져 보십시오.

말로는 설명할 수 없는 세상의 이치가 눈에 보일 것입니다.

아직 애틋한 사랑을 해 보지 못했다면

눈을 들어 하늘을 보십시오.

왠지 눈물이 나는 그리움이 보이지 않습니까?
아직까지 그런 사랑의 기회가 주어지지 않았다면
지금부터 그런 사랑을 만들어 보기 바랍니다.

———— ♥ ————

한 번이라도 사랑에 깊이 빠져 본 사람이라면
그 사랑의 오묘함에 놀랄 것입니다.
한순간도 멈출 수 없는 그리움에 시달리다
안타까워 어쩔 줄 모르는 마음을
그래도 겪어 보십시오.
오묘한 사랑의 진리를.

그리움의 불꽃을
꺼뜨리지 마십시오

사랑만큼

누군가를 그리워하게 하는 것은

없을 것입니다.

누군가를 그리워한다는 것은

마음속에 순수함이 있기 때문입니다.

순수함이 없는 사람에게는

그리움이니 낭만이니 하는 것들이 있을 수 없습니다.

사랑은 누군가를 간절히 그리워하는 순수함입니다.

사랑은 누군가를 간절히 그리워하는 열정입니다.

사랑은 누군가를 간절히 그리워하는 마음속의 불꽃입니다.

마음속에 채워지지 않는 부족함이 있거든 사랑을 찾으십시오.

마음속에 꺼지지 않는 불꽃이 남아 있거든 사랑을 시작하십시오.

곧 새로운 힘이 생길 것입니다.

늘 품어 오던 일을 성취할 수 있을 것입니다.

누군가를 그리워한다는 것은

마음속에 불꽃 같은 사랑이 남아 있기 때문입니다.

그리움을 갖고 산다는 것은 사랑을 저버리지 않았다는 것입니다.

당신은 사랑을 그리는 사람이 되십시오.

사랑 없이 사는 것은 불꽃을 잃어버린 삶입니다.

그리움을 간직하는 사람이 되어야 합니다.

용기 있는 사람이
사랑을 얻습니다

누구나 사랑을 하고 싶어 합니다.

그러나 사랑의 고백은 쉽게 하지 못합니다.

용기가 없어 머뭇거리고 망설입니다.

사랑은 용기 있게 고백하는 사람의 것입니다.

사랑을 믿어달라고 고백하십시오.

영원한 사랑을 약속하십시오.

사랑을 말하지 못하는 것만큼 어리석은 것은 없습니다.

사랑하고 싶은 사람에게

사랑한다고 말하지 못한다면

어떻게 사랑을 얻겠습니까?

진정 사랑을 원한다면

고백하는 용기를 가져야 합니다.

사랑하는 사람이 생겼다면

머뭇거리지 말고 사랑을 고백하십시오.

사랑한다고, 영원히 사랑해달라고 이야기해야 합니다.

이야기하지 못하고 망설이는 순간,

당신의 사랑은 날아가 버릴지도 모릅니다.

잊지 못하는 마음,
그것이 사랑입니다

사랑은 사랑하는 사람을

잠시도 잊지 못하게 합니다.

늘 사랑하는 사람을 가슴에 품고 살게 합니다.

사랑하는 사람의 마음에는

온통 사랑하는 사람으로 가득 차 있습니다.

길을 걸을 때에도, 일을 할 때에도,

누군가를 만날 때에도,

그 무엇을 하고 있든지

사랑하는 사람을 생각하는 마음에 물들어 있습니다.

당신이 사랑을 하고 있다면

사랑하는 사람에 대한 생각으로 물들어 있는지

확인해 보십시오.

만일 그렇지 않다면

당신의 사랑에 대해 다시 생각해 보아야 합니다.

당신은 당신의 사랑을 한시도 잊지 못하고 있습니까?

늘 사랑하는 사람을 품고 사는

그런 사랑을 하기 바랍니다.

♥

사랑의 특징은

사랑하는 사람을 한시도 잊지 못하게 하는 데 있습니다.

언제나 그 사람을 그리워하게 하고,

그 사람만 생각하게 합니다.

그것은 사랑이 사랑하는 이를 한시도 떠나지 못하게 하는

마력을 지니고 있기 때문이랍니다.

주고 싶어 하는 마음이
사랑입니다

사랑은

사람의 마음을 한없이 가난하게 만듭니다.

좋은 것, 멋진 것, 소중한 것, 가장 아끼는 것,

그 무엇이라도 사랑하는 사람에게 주고 싶어서

어쩔 줄을 모르게 만듭니다.

또 사랑을 하면 눈이 멀지요.

사랑하는 그 사람 외에는

아무것도 눈에 들어오지 않습니다.

그래서 나보다 사랑하는 이를 먼저 생각하고,

더 많이 생각하게 되는 것입니다.

당신은 혹시 사랑하는 이에게 무언가 주는 것이

아깝다는 생각이 들지는 않습니까?

그렇다면 그것은 진실한 사랑이 아닙니다.

사랑은 무엇이든지 베풀고 싶어 안달하는

그런 마음이어야 합니다.

진정으로 마음이 가난하지 않은 사랑,

그런 사랑을 하십시오.

아무것도 아깝지 않은

그런 사랑을 경험하는 당신이 되길 바랍니다.

♥

사랑을 하게 되면 마음이 가난해집니다.

사랑하는 이에게 모든 것을 다 주고 싶어지기 때문입니다.

사랑에 깊이 빠지면 목숨까지도 주고 싶어집니다.

사랑을 하면 아무것도 아까울 것이 없습니다.

사랑의 시

마음이 울적할 때,

아무 생각하지 말고 사랑의 시를 읽어 보기 바랍니다.

아름다운 사랑의 시를 읽다 보면 답답했던 마음이

어느새 평안하고 포근해지는 것을 느낄 수 있습니다.

당신은 그 까닭이 무엇이라고 생각하십니까?

사랑의 시는 순수한 열정을 지니고 있어서

촉촉하게 마음을 파고들기 때문입니다.

사랑의 시를 많이 읽으십시오.

사랑의 시는

당신을 아름다운 사랑의 나라로 이끌어 줄 것입니다.

사랑의 시는 마음을 타고 흐르는 따사로운 햇살입니다.

사랑을 하는 당신이라면 잠들기 전에 사랑의 시를 읽으십시오.

꿈속에서도 따사로운 사랑의 기운을 느낄 수 있을 것입니다.

삶이 고달플 때,

삶이 자신의 뜻대로 따라주지 않을 때,

사랑의 시를 읽으십시오.

메마른 마음을 따뜻하게 적셔 주는 사랑의 시를.

아름다운 사랑의 시를 읽는 순간,

당신의 감정은 사랑으로 촉촉이 적셔져 따뜻해질 것입니다.

사랑은 에너지입니다

사랑 속에는

단순한 상식만으로는 이해할 수 없는

강한 에너지가 흐르고 있습니다.

사랑을 하게 되면 자기 자신도 알 수 없는

신비로운 힘을 만나게 됩니다.

그래서 불가능한 일도 능히 해내고,

어려운 일도 짊어질 힘이 생기는 것입니다.

사랑하는 이가 어려움에 빠졌을 때,

물불을 가지지 않는 까닭이 여기에 있습니다.

사랑이 아름다운 이유는

사랑이 가진 놀라운 힘 때문입니다.

그 힘은 사람들을 희망으로 이끌어 주고,

용기와 자신감을 주어

그 사랑을 더욱 돋보이게 해 줍니다.

서로 사랑하는 이들을 더없이 행복하게 해 줍니다.

당신은 이런 놀라운 사랑의 힘을 알고 싶지 않습니까?

지금이라도 당신의 놀라운 사랑을 체험해 보십시오.

사랑의 에너지가 당신을 향해 손짓하고 있습니다.

그 에너지 속으로 몸을 던져 보십시오.

♥

사랑을 하면

사람의 상식으로는 도저히 이해가 되지 않는

엄청난 에너지가 발생합니다.

이 에너지로 못할 일이란 없습니다.

사랑하는 사람의 마음속에는

이 세상 모든 것을 움직일 만한

무한한 초능력이 존재합니다.

겨울을 이긴 봄은
따뜻합니다

추운 겨울이 지나면 봄이 오는 것은

세상의 이치입니다.

봄이 되면 온 세상이 그 아름다움에 눈이 부십니다.

온갖 꽃들의 아름다움,

보드라운 햇살의 자애로움,

초록 새싹들의 싱그러움은

차디찬 겨울의 역경을 이겨냈기 때문에 얻어낸 수확물입니다.

봄은 환희의 계절입니다.

포근하고 넉넉한 자연의 품이 느껴집니다.

겨울을 이기고, 새 생명을 탄생시키며,
온갖 것들에게 희망을 주는
봄과 같은 사랑을 해야 합니다.

♥

봄이 아름답고 역동적인 것은
추운 겨울을 이겨냈기 때문입니다.
자연의 온갖 것들이 새로운 생명을 만들어내는 봄처럼
눈부신 사랑이 있었으면 합니다.
그 사랑이 더 아름답고 신선할 수 있도록
항상 봄을 준비하십시오.

영원한 사랑이고
싶습니다

그날이 와도

그리운 이여,
그대가 캄캄한 무덤 속에 누워 있다면
나도 무덤으로 내려가
그대 곁에 누우리.

그대에게 입 맞추고 껴안으리.
아무 말 없는 싸늘한 그대
환희에 몸을 떨며 기쁨의 눈물 적시리.
이 몸도 함께 주검이 되리.

한밤에 일으킨 많은 주검들
보얗게 무리 지어 춤을 추누나.
그러나 우리 둘은 무덤 속에 남아
서로 껴안고 가만히 누워 있으리.

고통 속으로, 기쁨 속으로
심판의 날 다가와 주검을 몰아친다고 해도
우리 둘은 아랑곳없이
서로 안고 무덤 속에 누워 있으리.

_H. 하이네

사랑의 향기는
함께 있을 때 더 진해집니다

사랑은 너무 멀리 떨어져 있으면 좋지 않습니다.

사랑하는 사람들이 너무 멀리 떨어져 있으면

함께하면서 느끼는 사랑의 향기가 옅어집니다.

꽃은 살아 있는 꽃 대궁이나 나무에 붙어 있을 때

더욱 아름답고 매혹적입니다.

사랑하는 사람끼리도 이와 같아

함께 있어야 사랑이 제값을 합니다.

사랑은 사랑하는 사람끼리 함께 어울릴 때

진한 향기를 냅니다.

풍요로운 삶을 꿈꾼다면

사랑하는 이에게 좀 더 가까이 다가가십시오.

그리고 당신의 사랑을 전해 주십시오.

당신의 사랑을 아낌없이 퍼 주십시오.

늘 가까이에서 서로 호흡하는 사랑,

아름다움을 나누는 사랑이

당신을 행복하게 해 줄 것입니다.

넉넉하고 충만한 사랑이

당신의 인생을 진한 향기로 가득 채워 줄 것입니다.

♥

삶의 향기를 원한다면 그 노력이 따릅니다.

그것은 사랑하는 사람과 좀 더 가까워지는 것이랍니다.

가까이 있으면 있을수록

더 많은 사랑을 주고받을 수 있습니다.

주고받는 사랑은 당신의 삶의 향기를 진하게 해 줄 것입니다.

생각하는 사랑

사랑을 하는 데에는

넓고 깊은 생각이 있어야 합니다.

어떤 사람들은 사랑을

즐거운 놀이쯤으로 여기기도 하지만

사랑은 결코 가벼운 것이 아닙니다.

사랑은 존귀한 것이자,

삶을 가꾸어 주는 중요한 요소입니다.

로버트 브라우닝은

'사랑은 최선의 것이다.'라고 말했습니다.

사랑을 할 때에는 생각의 문을 열어 놓아야 합니다.

'어떻게 하면 내 사랑을 가치 있게 만들 수 있을까?'

'어떻게 하면 사랑하는 사람을 더 행복하게 해 줄 수 있을까?'

생각을 하며 살아야 하기 때문입니다.

자신의 사랑을 위해 깊이 생각하는 사람에게서

참다운 열정을 느낄 수 있습니다.

최선의 사랑을 원한다면 깊이 생각하십시오.

그래야 늘 변하지 않고 신뢰하는 사랑을 하게 될 것입니다.

♥

생각하는 사랑은

늘 새롭고 변화하는 삶을 살아갑니다.

생각을 한다는 것은

현실에 머무는 것이 아니라

앞으로 나아가는 것입니다.

생각하는 사랑을 하십시오.

그 사랑이 당신의 삶을 풍요롭게 해 줄 것입니다.

사랑은
말이 없어도 전해집니다

사랑을 하면 말을 하지 않아도

사랑하는 이가 무엇을 원하는지,

무슨 생각을 하는지 알 수 있습니다.

그것은 사랑하는 이에 대한 관심에서 우러나오는

자연스러운 결과입니다.

사랑은 말을 하지 않아도 마음으로 전해지는 것입니다.

사랑을 애써 내색하지 마십시오.

사랑하는 이가 벌써 당신의 마음을 읽고 있을 테니까요.

눈빛만으로도 사랑의 무게를 가늠하고 있을 테니까요.

그러니 당신의 사랑이 깨어나지 않기를 바란다면

당신의 변화를 드러내지 마십시오.

낭만적인 사랑을 꿈꾸고 있다면

갈등하는 사랑은 버리십시오.

갈등하는 사랑은 가벼워지고 얕아져서
금방 겉으로 드러나게 됩니다.
마음으로 사랑의 깊이를 전할 수 있는
그런 사랑을 하십시오.
사랑하는 사람이 당신의 깊은 사랑을 읽어내게
감동을 전하십시오.

♥

사랑은 말이 없어도 사랑하는 이를 행복하게 만듭니다.
마음으로 사랑하는 이의 마음을 읽어 주기 때문입니다.
하루 종일 말이 없어도
무한한 사랑을 나눌 수 있는 사람이 곁에 있다면
당신은 정말 행복한 사람입니다.

늘 새로운 모습을
보여 주십시오

처음 사랑을 하게 되면

뜨거운 마음으로 상대방의 호감을 사려고 노력합니다.

그러나 시간이 어느 정도 지나면 느슨해진 마음에

우중충한 모습을 보이는 사람이 많습니다.

수수하다, 인간미를 풍긴다고 생각하고 싶겠지만

그것은 사랑하는 사람에 대한 예의가 아닙니다.

사랑하는 데에도 예의가 있어야 합니다.

자신이 사랑하는 사람에게

늘 새로운 모습을 보여 주는 것이

상대방에 대한 예의입니다.

사랑은 늘 신선하고 산뜻해야 합니다.

언제나 처음처럼 새로워야 합니다.

당신의 사랑이 더욱 아름다워지기를 원한다면
새로워지는 일에 힘쓰십시오.
그것은 시간의 낭비가 아니라
자신의 사랑을 지키는 방법입니다.

♥

사랑을 오래가고 행복하게 하기 위해서는
늘 새로운 모습을 간직해야 합니다.
지금보다 더 나은 자신의 모습에서 사랑의 열정은 깊어가고,
사랑하는 사람에게 신선함을 주게 되어
그 사랑은 꾸준히 지속되는 것입니다.

노력하는 사랑이
아름답습니다

여행을 떠나기 위해서는
준비해야 할 것들이 있습니다.
그래야 보람 있고 즐거운 여행을 할 수 있습니다.
마찬가지로 사람을 사랑하는 데에도
준비해야 할 것들이 있습니다.
길을 걷다 예쁜 풀꽃을 발견하고
잠시 마음을 빼앗겨 본 적이 있습니까?
상대방이 좋아하는 행동을 하는 것,
좋아하는 마음을 표현하는 것,
둘만이 아는 비밀을 소중히 간직하는 것,
이런 것들이 준비해야 할 것들입니다.
아름답고 즐거운 사랑을 위해서 준비하십시오.
오늘부터라도 감동이 있는 사랑을 만드십시오.
자신의 사랑을 위해서 노력하는 일은
그 자체로도 아름다운 것입니다.

노력은 사랑에도 통하는 법입니다.

행복하고 아름다운 사랑을 꿈꾸는 것은

사람이라면 누구나 원하는 것이겠지요.

그런데 행복하고 아름다운 사랑은 그냥 오지 않습니다.

많은 노력을 통해 얻어지는 값진 결실인 것입니다.

명상과 철학이
행복한 사랑을 만듭니다

금혼식을 하는 사람들을 볼 때마다

그처럼 아름다운 일이 또 있을까 생각하게 됩니다.

사랑하는 사람과 잠시만 만나도 행복한데,

50년을 함께하다니요.

생각만으로도 가슴이 터질 것 같지 않습니까?

사랑하는 사람과 오래도록 함께하는 기쁨과 행복은

무엇을 주어도 살 수 없는 것이기에

가치가 있는 것입니다.

세상 어떠한 것이 사랑에 비유될 수 있겠습니까?

그러기에 오래도록 변함없이 함께하는 사랑은

늘 부러움과 경이로움의 대상이 됩니다.

깊은 명상과 철학이 있는 사랑이

행복한 사랑을 만들어 냅니다.

함께 나누는 사랑이야말로 최고의 축복입니다.

♥

사랑하는 사람과

오래도록 한곳을 바라보며 함께 나누는 사랑,

이런 사랑이 최고의 축복입니다.

당신은 이런 사랑을 만들기 위해 노력하는 사람이 되십시오.

한 사람과 사랑을 나누는 일,

당신이라면 충분히 실천할 수 있습니다.

사랑은
피어오르는 꽃과 같습니다

사랑을 하고 있는 사람의 얼굴을 보십시오.

싱그러운 얼굴이 마치 한 송이 꽃과 같지 않습니까?

어찌 그리 기쁜 얼굴을 하고 있을까요?

또 발걸음은 얼마나 가벼운지

보고 있는 사람마저 구름에 떠가는 것 같지 않습니까?

사랑은 사람을

긍정적으로 만드는 힘을 가지고 있습니다.

사랑을 하는 사람의 표정이 밝고,

생활이 즐거운 것은 사랑의 기쁨 때문입니다.

기쁨으로 핀 사랑의 꽃은

여러 사람에게 기쁨을 느끼게 해 줍니다.

당신은 사랑을 하고 있습니까?

사랑을 하고 있지 않다면

이제 사랑을 시작하십시오.

그래서 당신이 알고 있는 모든 사람들이
당신을 자랑스럽게 생각하고,
당신을 알고 있는 그 자체를
기쁨과 행복으로 여기도록 하십시오.
그리고 당신 역시 그런 사람을 사랑하십시오.
그러면 모두가 사랑 속에 행복할 수 있는 것입니다.

♥

사람들이 원하는 삶은
싱싱한 꽃과 같은 삶이라고 생각합니다.
싱싱한 꽃은 바라만 보아도 기분이 좋습니다.
그래서 쉽게 눈을 뗄 수 없습니다.
싱싱한 꽃을 바라보는 것처럼
사랑하는 사람을 통해
아름다운 삶을 살 수 있도록 하십시오.

사랑은
먼저 베푸는 것입니다

사랑을 하는 동안에는

마음이 부드러워지고 너그러워집니다.

그래서 사랑하는 사람의 실수도

너그러이 덮어 주게 되는 것이겠죠.

사랑은 한없이 따뜻하고 포근해서

산 같은 고통도, 바다 같은 절망도

한순간에 덮어버립니다.

사랑의 마음이 얼마나 넓고 커질 수 있는지 알게 해 줍니다.

너그러운 눈으로

그 무엇도 따스하게 받아들이는 것입니다.

당신이 정말로 사랑받기를 원한다면

사랑을 먼저 베푸십시오.

사랑이 필요하면 사랑을 찾아 떠나면 됩니다.

사랑의 주인공이 되려면
강인한 자신감과 용기 있는 사람이 되십시오.
자신감과 용기 있는 사람이
사랑을 먼저 베풀 수 있습니다.

♥

살아가는 동안 우리는 많은 경험을 하게 됩니다.
삶의 환희를 만나기도 하고,
뜨거운 감동으로 몸을 떨기도 하지만,
때론 눈물과 고통을 겪기도 합니다.
이럴 때 용기 있는 사랑을 품어 보십시오.
그것만으로도 행복을 누리게 될 것입니다.

누군가를 사랑한다는 것은

누군가를 사랑한다는 것은

그만큼 자신도 사랑받고 싶다는 것입니다.

누군가를 사랑하는 마음은 그냥 생겨나는 것이 아니라,

자신이 사랑받고 싶을 때 생겨나는 것이랍니다.

사랑하는 마음을 품고

사랑하는 사람에게 다가가야 합니다.

그래야만 사랑이 자신에게로 찾아오는 것입니다.

일방적인 사랑은 때로 아픔을 남기기도 합니다.

행복하고 풍성한 사랑을 원한다면

사랑하는 사람과 사랑함으로써

삶의 기쁨을 누려야 합니다.

지금 이 순간, 당신에게 사랑할 대상이 생기면

망설이지 말고 손을 내미십시오.

후회를 남기는 사랑은 두고두고 아픔을 준답니다.

♥

자신이 사랑받고 싶은 만큼

자신이 사랑하는 사람을 사랑하십시오.

그 사랑의 깊이만큼 행복이 찾아올 것입니다.

그런 사랑이야말로

우리 모두가 추구해야 할 진정한 사랑이랍니다.

진실을 이야기할 수 있는 사랑이랍니다.

사랑은 삶의 미학입니다

삶을 아름답게 하는 것에는

여러 가지가 있습니다.

그중에서 으뜸은 아마 사랑이겠지요?

사랑은 사람의 마음에 희망을 품게 해 줍니다.

그래서 반짝이는 마음으로

세상을 바라보게 만듭니다.

사람에게 사랑이 없다면 얼마나 삭막하겠습니까?

상상하는 것만으로도 가슴이 조여듭니다.

사랑이 떠나버린 사람의 마음은

춥고 썰렁함만이 남아 있을 뿐입니다.

당신의 마음에

아름답고 푸른 사랑의 강물이 흐르게 하십시오.

당신의 삶이 풍요롭게 변할 것입니다.

사시사철 사랑이 함께하는 그런 삶을 만드십시오.

사랑은 삶의 미학입니다.

파릇하게 돋아나는 보리싹 같은 사랑의 희망으로

아름다운 삶을 누리길 바랍니다.

♥

삶이 아름다운 이유는

그 삶을 풍요롭게 만드는 사랑이 있기 때문입니다.

사랑이란 이름으로 자신의 길을 걸어가십시오.

그럴 때 사랑은 안타까운 것이 아니라

향기롭고 맑은 인생의 비타민 같은 존재가 될 것입니다.

CHAPTER 9

당신을 사랑합니다

사랑

키스로 나를 축복해 주는 너의 입술을
즐거운 나의 입이 다시 만나고 싶어 한다.
고운 너의 손가락을 어루만지며
나의 손가락에 깍지 끼고 싶다.

내 눈의 목마름을 네 눈에서 적시고
내 머리를 깊숙이 네 머리에 묻고
언제나 눈 떠 있는 젊은 육체로
네 몸의 움직임에 충실히 따라
늘 새로운 사랑의 불꽃으로 천 번이나
너의 아름다움을 새롭게 하고 싶다.

우리들의 마음이 온전히 가라앉고
감사하게 모든 괴로움을 넘기고 복되게 살 때까지
낮과 밤에 오늘과 내일에 담담히
다정한 누이로서 인사할 때까지
모든 행위를 넘어서 빛에 둘러싸인 사람으로
조용히 평화 속을 거닐 때까지.

_ 헤르만 헤세

사랑의 고백은
행복입니다

사랑하는 사람에게서

가장 듣고 싶은 말은 무엇입니까?

"당신을 만나길 참 잘했어요.

당신을 만난 것은 내 생애 최고의 행복이에요."

누구나 사랑하는 사람으로부터

이런 말을 듣기 원할 것입니다.

사랑하는 사람에게서 이런 말을 듣는다면

성공적인 사랑을 한 것입니다.

그런데 만일 사랑하는 사람으로부터

"당신을 만난 것이 내 인생에 있어 가장 불행한 일이야."

이런 말을 들으면 얼마나 비참해지겠습니까?

행복한 사랑의 고백은 영원한 기쁨입니다.

당신은 사랑하는 이에게서

"당신을 사랑해서 참 행복합니다."

라는 고백을 듣기 바랍니다.

그래서 영원한 기쁨을 누리길 바랍니다.

♥

이 세상에서 가장 황홀한 말이 있다면

"내가 이 세상에서 가장 사랑하는 사람은 바로 당신입니다."

라는 말일 것입니다.

그 행복한 고백의 주인공이 되고 싶지 않으십니까?

그렇다면 당신이 먼저

사랑하는 사람에게 감동적인 고백을 해 보십시오.

최선의 사랑

참사랑이란 무엇일까요?

맹목적인 사랑, 아니면 목적적인 사랑?

그러고 보니 참사랑이란

그리 쉬운 것이 아니라는 생각이 듭니다.

그러나 누구나 한 번쯤은

참사랑을 해 보고 싶어 하고, 또 받고 싶어 합니다.

막심 고리키는

'사랑은 산을 골짜기로 만든다.'라고 했습니다.

얼마나 그 사랑이 간절하고 위대하면

태산을 변하게 하여

골짜기로 만들 수 있다는 말입니까?

그렇다면 자신의 목숨을 걸고 만든 사랑,

또 만들어가는 사랑이 참사랑이 아닐까요?

죽음을 두려워하지 않는 사랑이 참사랑입니다.

당신은 참사랑을 하십시오.

♥

사람이 가장 아름다워 보일 때는

자신의 일에 최선을 다하는 모습을 보일 때입니다.

사랑 역시 마찬가지입니다.

사랑하는 사람에게 최선을 다하십시오.

당신의 뜨거운 사랑을 보여 주십시오.

불같은 사랑을 아끼지 말아야 합니다.

사랑은 보석입니다

보석 중에 가장 아름다운 보석은 무엇일까요?

이런 질문에

'다이아몬드'라고 대답하는 사람은 아마 없겠지요?

그렇습니다.

이 질문의 답은 '사랑하는 사람'입니다.

누구나 자신이 좋아하는 것은 곁에 두고 싶어 합니다.

그로 인해 즐거운 마음이 꽃처럼 피어오르기 때문입니다.

사랑하는 사람은

세상에 단 하나뿐인 당신의 보석입니다.

귀한 보석, 소중히 아껴 주며 사랑하십시오.

그 사람으로 인해 당신은

넘치는 사랑을 받는 사람이 될 것입니다.

세상에서 가장 행복한 사람이 될 것입니다.

사람들은 누구나 '사랑하는 사람'이라는

귀한 보석을 갖고 사는 행복한 존재입니다.

그러나 이러한 사실을 잊을 때 불행해집니다.

당신은 귀한 보석인 당신의 사랑을 위해

아낌없이 열정을 바치길 바랍니다.

사랑이 그리운 날엔

누군가의 사랑이 그립거나

사랑하는 이가 보고 싶어질 땐,

고요한 마음으로 사랑의 편지를 써 보면 어떨까요?

편지로 자신의 감정을 전달하는 것은

상대방에게 감동을 주는 일입니다.

사랑이 그리운 날에는 그리운 감정을 편지로 쓰십시오.

사랑을 그리워하면 사랑이 자라납니다.

디지털 시대에는 오히려

아날로그 사랑법이 더 감동을 자아내게 합니다.

상대방에게 전달되는 자신의 마음을 생각해 보십시오.

정감 넘치는 사랑이 가슴 벅차게 느껴지지 않습니까?

가끔은 사랑하는 그 사람에게

기도하는 마음으로 편지를 쓰십시오.

당신에게 또 다른 즐거움을 선물해 줄 것입니다.

사랑이 그리운 날에는

잉크 냄새가 나는 편지를 써 보십시오.

누군가에게 편지를 쓴다는 것은 행복한 일입니다.

편지지를 고르고 정성껏 글을 쓰면서

그 사람을 떠올려 보십시오.

그리움이 밀려들 것입니다.

사랑의 아픔은
사랑으로 치유하십시오

아픔 없는 사랑만 할 수 있다면

얼마나 좋을까요?

그런 사랑을 바란다는 것은

어쩌면 지나친 기대일지 모릅니다.

하지만 자신의 노력으로

아픈 사랑이 되지 않게 할 수 있습니다.

마음의 병은 치료하기 힘듭니다.

그중에서도 사랑의 병은

그 어떤 병보다도 마음의 상처가 큽니다.

사랑 때문에 아프면

마음이 무너지고 몸도 무너집니다.

이렇듯 사랑의 아픔은 모든 것을 아프게 합니다.

사랑의 아픔은 사랑으로 치유할 수 있습니다.

하지만 최선의 방법은
사랑이 아프지 않도록 하는 것입니다.
아프지 않는 사랑, 그런 사랑을 해야 합니다.

♥

사랑의 아픔은 사람을 절망하게 만듭니다.
하지만 사랑은 또 모든 아픔을
기쁨으로 만드는 능력을 가지고 있답니다.
사랑만이 가지고 있는 고유한 힘이라고 할 수 있습니다.
'사랑'이라는 아름다운 언어를 마음껏 활용하는 당신이길 바랍니다.

후회를 남기지 않는 사랑

모든 것이 풍족하면

그 소중함을 모르게 됩니다.

그렇게 어리석은 것이 사람입니다.

사랑도 마찬가지입니다.

사랑하는 사람이 곁에 있을 때에는

그 소중함을 느끼지 못하다가

그 사람이 곁을 떠나고 나서야

몸부림을 치면서 후회를 합니다.

그리고 자신의 어리석음을 통탄합니다.

현명한 당신이라면

그런 후회를 겪지 않도록 미리미리 준비하십시오.

사랑의 후회는 너무 많은 상처를 남깁니다.

후회를 남기지 않는 그런 사랑을 하기 바랍니다.

자신의 어리석음에 가슴 치지 않기를 바랍니다.

가장 성공적인 삶이

아름다운 사랑을 남기는 일이라면

가장 실패한 삶은 사랑에 후회를 남기는 것입니다.

후회를 남기는 사랑은 자신은 물론

자신이 사랑했던 사람까지 아프게 만듭니다.

후회하지 않는 사랑을 하십시오.

숭고한 사랑은 진실합니다

밤하늘에 수없이 떠 있는 별들은

가슴이 뭉클할 만큼 아름답습니다.

바라보는 이들의 탄성을 절로 자아내게 합니다.

하얗게 빛나는 별들을 보면

어린 왕자와 같은 순수한 마음이 됩니다.

하지만 그 별들은

긴 시간을 숨 가쁘게 달려와

빛을 발하는 것입니다.

우리 눈에 비치는 한순간을 위해

별들은 긴 여정을 마다하지 않았던 것입니다.

그래서 그 별들이 우리들의 사랑을 받는 것은 아닐까요?

우리의 사랑도 이런 숭고함을 닮았으면 좋겠습니다.

숭고한 사랑은 인생을 순수하게 만듭니다.

숭고한 사랑을 하십시오.

당신의 인생에 기쁨의 날개를 달아 줄 것입니다.

숭고한 사랑은 언제까지나 변하지 않는 사랑입니다.

하지만 숭고한 사랑은 그냥 오지 않습니다.

숭고한 사랑의 주인공이 되기 위해

애쓰고 노력하는 사람에게만 찾아오는 것입니다.

숭고한 사랑으로 인생의 품격을 한껏 높이길 바랍니다.

꿈과 사랑은 하나입니다

꿈이 있는 사람은 언제나 밝고 활기찹니다.
꿈은 사람들의 마음을 희망적이게 하고,
부드럽게 하고, 풍요롭게 해 줍니다.
꿈을 꾸고 살 날이 많다는 것은
사랑할 날이 많다는 의미입니다.
꿈과 사랑은 실과 바늘처럼 불가분의 관계입니다.
꿈이 있는 사람에게는 사랑의 에너지가 충만합니다.
그런 충만한 사랑의 에너지를
긍정적이고 능동적으로 사용한다면
어떤 어려움에도 무너지지 않는
사랑의 주인공이 될 수 있습니다.
늘 꿈을 품고 사십시오.
사랑은 꿈이 있는 사람에게 찾아옵니다.
사랑은 꿈을 갖게 하는 힘이 있습니다.

꿈을 잃은 사람에게는 사랑이 들어갈 자리가 없습니다.

만약 당신이 꿈을 잃었다고 생각한다면

그 꿈을 찾는 데 올인하십시오.

♥

꿈이 없는 인생은

살아 있어도 살아 있는 것이 아니랍니다.

사랑이 떠난 인생, 그것은 비참한 삶일 뿐입니다.

사랑을 품고 사는 당신,

그런 당신이 진정 꿈을 갖고 사는 사람입니다.

늘 푸른 사랑을 할 수 있는 당신입니다.

사랑은 확인입니다

사랑은 미지의 것에 대해 확인하려 합니다.

특히 첫사랑이나

절대로 놓치고 싶지 않은 사랑에 대해서는

그 정도가 더 뚜렷하답니다.

그것은 사랑하는 사람으로부터

자신이 사랑받고 있는지

확인하고 싶어 하는 심리 때문입니다.

사랑하는 이에게

"사랑해. 너만을 죽도록 사랑해."

라는 말을 해 주는 것만으로도

상대방은 눈물이 날 만큼 행복해합니다.

사람을 기쁘게 하고 행복하게 하는 사랑의 말은

그 자체가 빛나는 진주입니다.

사랑한다는 말은 진주처럼 은은하게 빛납니다.

사랑하는 사람에게

진주처럼 빛나는 사랑의 속삭임을 들려주세요.

그것이 당신의 인생을 평안하게 해 줄 것입니다.

♥

사람을 기쁘게 하고 행복하게 하는

칭찬의 말은 언어의 진주입니다.

이 언어의 진주 중 사람들을 설레게 하고

행복하게 하는 최고의 말은 사랑입니다.

사랑의 말을 가장 값지고

아름답게 사용하는 지혜를 기르기 바랍니다.

생각의 차이에 따라
결과가 달라집니다

미래가 있는 삶은

이슬을 머금은 꽃처럼 언제나 생기가 있습니다.

미래는 희망으로 가는 내일입니다.

내일이란 시간은 누구에게나 공평합니다.

그렇지만 생각의 차이에서 오는 결과는 다릅니다.

똑같은 일도 어떻게 느끼고,

어떻게 생각하느냐에 따라

결과가 달라집니다.

사랑도 마찬가지입니다.

사랑은 생각의 차이에 따라 서로 다른 결과를 낳습니다.

생각은 소리 없는 말입니다.

말을 함부로 해서는 안 되는 것처럼

생각 역시 함부로 해서는 안 됩니다.

가치 있는 삶을 위해 생각의 속도를 조절해야 합니다.

그렇게 당신을 조율하십시오.

생각은 삶을 결정짓는 중요한 요소입니다.

어떤 생각을 갖고 있느냐,

어떤 생각의 속도를 갖고 살아가느냐에 따라

사람의 삶은 완연한 차이를 보이게 됩니다.

긍정적인 생각의 속도를 가지고 살기 바랍니다.

CHAPTER 10

그대 눈 속에
내가 있습니다

그대 눈 속에

그대 눈 속에
나를 쉬게 해 줘요.
그대 눈은 지상에서
가장 고요한 곳.

그대의 검은 눈동자 속에
살고 싶어요.
그대의 눈동자는
포근한 밤과 같은 평온.

지상의 어두운 지평선을 떠나
단지 한 발자국이면
하늘로 올라갈 수 있나니.

아,
그대의 눈 속에서
내 인생은 끝이 날 것을.

_M. 다우첸다이

견고한 사랑을 위하여

비 온 뒤에 땅이 굳어진다는 말이 있습니다.

사랑도 마찬가지입니다.

별일 아닌 것 가지고 토닥거리며

서로에게 마음의 상처를 입히기도 합니다.

이는 사랑하는 사람을

독점하고 싶은 마음에서 우러나오는 행동입니다.

사랑에 깊이 빠져 본 사람이라면

이 말의 의미가 가슴에 와 닿을 것입니다.

사랑하는 사람을 온통 자신의 마음 가득 담아두고

독차지하고 싶은 경험을 해 보았을 테니까요.

사랑하는 사람의 관심을

온통 자신에게로 쏠리게 하고 싶은 마음도

익숙할 것입니다.

아픔을 토닥일 줄 알아야 견고한 사랑을 할 수 있습니다.

사랑싸움 끝에는 반드시 원만한 화해를 하십시오.

그렇지 않으면 그 사랑이 아픔으로 끝날 수도 있습니다.

아픔을 토닥일 줄 아는 사랑,

그래서 나보다 상대방을 위로할 줄 아는 사랑,

이런 사랑이 당신의 사랑을 더욱 견고하게 해 준답니다.

♥

아무것도 아닌 일로

서로가 서로의 가슴에 상처를 내기도 하고,

아픔을 줄 수도 있습니다.

감정을 가진 사람이기 때문에 어쩔 수 없는 일입니다.

그러나 이런 아픔 뒤에는

상처를 어루만져 주어야

견고한 사랑을 할 수 있습니다.

작은 것의 아름다움

조금 부족하다는 것, 작다는 것은
결코 흠이 아닙니다.
아주 작은 나사를
수없이 조여 만든 배나 비행기는
이 작은 나사가 하나라도 빠져나가면
제 역할을 할 수가 없습니다.
그런데 우리들은 이 작은 나사의 소중함을
가끔 잊고 살 때가 있습니다.
이것처럼 어리석은 일은 없을 것입니다.
사랑 역시 작은 관심에서 출발합니다.
아름다운 사랑의 결실을 맺기 위해서는
작은 일에도 관심을 가지고 노력해야 합니다.
작은 일에도 소중한 관심을 보이는 사랑이
진실한 사랑입니다.

누구나 잔잔한 관심에서

큰 감동을 느끼기 때문입니다.

작은 것의 아름다움을 느껴보길 바랍니다.

♥

작은 것은 보잘것없는 것이라고 생각하지 마십시오.

작은 관심이 모여 아름답고 풍요로운 사랑을 완성할 수 있답니다.

따뜻한 말 한 마디나 행동을 통해 상대방을 배려하는 마음으로

당신의 소중한 사랑에 가까이 다가가십시오.

그리움에 관한 보고서

누구나 그리움을 품고 삽니다.

그리움을 품고 사는 사람은 아름다운 사람입니다.

샘물같이 잔잔한 사랑에 대한 그리움을

가슴에 간직한다는 것,

얼마나 애틋한 일입니까?

피천득 시인은 수필 〈인연〉에서

일본 유학 시절 하숙집 딸이었던 아사꼬에 대한

아련한 그리움을 이야기하였습니다.

시인의 추억은

누구나의 가슴속에 숨겨져 있는 향수를 불러일으켜

잔잔한 감동을 주고 있습니다.

사람은 그리움을 동경하고 추억을 동경합니다.

그리고 그 그리움을 통해

삶을 사색하고 삶을 창의적으로 가꾸어갑니다.

사람들이 갖는 그리움은

사랑의 원천이며, 삶의 이상이며,

가장 인간적인 감정입니다.

사랑은 그리움이고, 그리움은 사랑입니다.

서정주 시인은 시 〈푸르른 날〉에서

'눈이 부시게 푸르른 날은

그리운 사람을 그리워하자.'

라고 하였습니다.

그리움이 밀려오면 그리움을 받아들이십시오.

♥

그리움은 사랑의 원천이며,

사람을 순수하게 만드는

마음의 본향과도 같은 것입니다.

그리움을 두려워하지 마십시오.

그리움은 사람이 사람다울 수 있는 근원적인 정서랍니다.

사랑을 품고 살기에 필요한 그리움이기 때문입니다.

사랑과 한 편의 시

고단한 삶에 지칠 때에는

사랑의 시 한 편을 읽어 보기 바랍니다.

사랑했던 기억을 떠올리며 그 시절로 돌아가 보십시오.

한 구절 한 구절이 가슴에 와 닿을 것입니다.

가슴이 뭉클해지고 눈시울이 뜨거워지거든

그 감정을 숨기지 마십시오.

아직도 뜨거운 열정이 남아 있다는 증거입니다.

무엇이 걱정이란 말입니까?

지금 비록 힘들고 쓰라린 고통이 엄습해도

당신에게 뜨거운 열정이 남아 있다면 괜찮습니다.

열정은 희망입니다.

사랑의 시는 열정을 불러일으켜 줍니다.

어두운 길에서 아름다운 사랑의 길로

당신을 이끌어 줍니다.

사랑의 시를 읽고 마음의 용기를 얻으면

고단한 삶도 이겨낼 수 있습니다.

지금 당장 사랑의 시 한 편을 읽으십시오.

♥

한 편의 좋은 시는

한 편의 소설보다도 더 큰 감동을 줄 수 있습니다.

시는 가장 함축적이고 아름다운 인간의 정서이기 때문입니다.

사랑의 시를 가까이 하고 즐겨 읽는 당신이 되길 바랍니다.

사랑의 낭만을 배울 수 있을 것입니다.

시간에 대한 예의

산다는 것은 참으로 좋은 일입니다.

지금 내가 살아 있다는 것은 너무도 행복한 일입니다.

인생이 끝난다는 것은 다시는 푸른 하늘을 볼 수 없고,

다시는 사랑하는 사람을 볼 수 없다는 뜻입니다.

그러니 어찌,

살아 있다는 것이 행복하지 않을 수 있겠습니까?

지금 비록 초라한 삶을 살고 있다고 해도

너무 실망하지 마십시오.

살아 있다는 것에 감사하기 바랍니다.

당신은 얼마든지 능동적이고 멋진 삶으로 바꿀 수 있습니다.

그럴 시간이 주어져 있기 때문입니다.

당신에게 주어진 시간 동안 아름다운 사랑을 하십시오.

그것이 살아 있는 사람이 해야 할 도리입니다.

사랑은 시간이 다할 때까지 해야 합니다.

사랑을 할 줄 아는 사람만이

시간의 소중함을 알게 될 것입니다.

시간을 사랑할 줄 아는 사람만이

가장 보람 있는 삶을 살 수 있고,

그로 인해 낭비하지 않는 삶을 살아갈 수 있습니다.

내게 주어진 시간은

사랑하는 사람과 함께 나누어야 할

조건이 붙는 시간입니다.

당신에게 주어진 사랑의 시간을 낭비하지 마십시오.

사랑은 밝은 햇살입니다

어떤 일을 사랑하는 사람끼리

함께하는 광경은 참 보기 좋습니다.

사랑하는 사람은

서로를 밝게 비추어 주는 햇살과도 같습니다.

바다 위로 떠오르는 아침 햇살을 상상해 보십시오.

물 위 가득 퍼지는 눈부신 햇살을……

당신은 사랑하는 사람에게

아침 햇살과 같은 존재이길 바랍니다.

따뜻하고 귀중한 존재이길 바랍니다.

눈부시고, 그래서 사랑은

아침 햇살처럼 언제나 그리운 존재입니다.

사랑하는 사람에게는

눈부시고 따사로운 아침 햇살이 필요합니다.

사랑하는 사람의 고통과 아픔을
어루만지는 햇살이 되어야 합니다.
두려움 없는 사랑을 하려면
사랑의 그늘을 지워내는 햇살이 되어야 합니다.

♥

환하게 대지를 비추는 아침 햇살을 보면
경건한 마음까지 듭니다.
어둠이 물러가고 그 자리를 가득 메운 밝은 햇살입니다.
어둠을 물리친 눈부신 햇살을 가슴에 품어 보십시오.
용기가 솟아날 것입니다.
사랑은 삶에 있어 밝은 햇살입니다.

사랑은
온유한 성자의 미소입니다

사랑은 온유한 미소를 품고 있는 까닭에

아름답고 소중하게 느껴집니다.

온유한 사랑의 미소 앞에서는

그 어떤 슬픔과 시련도

눈 녹듯이 사라질 것입니다.

사랑의 온유함은 모든 것을 포용해 줍니다.

당신의 삶이 초라하게 느껴져서

견딜 수 없을 때에는

사랑하는 사람에게 마음을 털어놓고 의지해 보십시오.

사랑하는 사람들끼리는 기쁨만 나누는 것이 아니라,

슬픔과 고통도 나눌 수 있어야 합니다.

무엇이든 혼자 하려고 하지 말고 서로 나누어야 합니다.

그것이 사랑입니다.

그것이 사랑하는 사람이 가져야 할 마음가짐입니다.

감정을 공유하는 것이 진정 아름다운 사랑입니다.

사랑은 온유한 성자의 너그러운 미소입니다.

두려워 말고 그 품에 기대십시오.

세상이 모두 보랏빛으로 보일 것입니다.

♥

사랑을 품고 사는 사람들은

온유한 미소를 띠고 있습니다.

그것은 사랑이 사람의 마음을

부드럽고 자애롭게 만들기 때문입니다.

가슴 가득 사랑을 품고 사는 사람이 되십시오.

그 사랑이 당신을 온유한 미소의 소유자로 만들어 줄 것입니다.

사랑은
인생의 등불

살아가다 보면

가슴 아픈 일을 만나기도 합니다.

그럴 때면 누구나 의지할 사람을 찾게 됩니다.

사랑하는 사람에게 의지할 수 있다면

더 바랄 나위가 없겠지요.

사랑하는 사람의 따스한 손길 하나에도

슬픔을 잊을 수 있습니다.

사람은 혼자라고 느낄 때에 가장 힘이 듭니다.

사랑하는 사람이 혼자라고 느끼지 않도록 하십시오.

사랑은 인생을 밝게 비춰 주는 등불입니다.

사랑하는 사람의 어둠을 비추어

그로 하여금 어둠 속에 갇히지 않게 해 주어야 합니다.

사랑하는 사람의 곁에서

꺼지지 않는 든든한 등불이 되십시오.

힘들고 어려울 때에는 더욱 사랑하십시오.

그 사랑이 당신에게도 등불이 되어 줄 것입니다.

당신이 어려울 때 빛을 뿌려 줄 것입니다.

♥

사랑은 인생을 비추어 주는 등불입니다.

당신은 당신이 사랑하는 사람에게 등불이 되고,

그 사람은 당신에게 등불이 되어야 합니다.

서로에게 영원히 꺼지지 않는 인생의 등불이 되어 주십시오.

사랑의 바탕이 되고 위안이 되는 등불 말입니다.

사랑하는 이를 위해

진실한 사랑을 원한다면
사랑하는 사람을 위해서
무엇이든지 하는 사람이 되어야 합니다.
사랑하는 사람은 나와 같은 존재이기 때문입니다.
만약 사랑하는 사람이 원하는 일을
해 줄 수 없다고 생각해 보십시오.
얼마나 마음 아픈 일이겠습니까?
당신은 사랑하는 사람이 도움을 바랄 때
충분히 도울 준비가 되어 있습니까?
달려가 손을 내밀 수 있습니까?
사랑하는 사람을 위해 무엇이든지 해 주는
적극적인 마음을 보이길 바랍니다.
그 마음만으로도 사랑하는 사람은 감동받을 것입니다.
사랑은 사랑하는 이를 위해서라면
무슨 일이든지 해 줄 수 있어야 합니다.
언제나 그런 마음으로 사랑해야 합니다.

진정한 사랑의 기쁨을 누리려면

사랑하는 사람에게 최선의 노력을 보여야 합니다.

그래야 당신도 사랑하는 사람으로부터

최선의 사랑을 받을 수 있을 것입니다.

사랑은 그냥 얻어지는 것이 아니기 때문입니다.

사랑을 존중하는 마음을 갖기 바랍니다.

사랑을 사로잡는 비결

아무리 향기로운 향수라 해도

사랑의 향기를 따라올 수는 없을 것입니다.

사랑의 향기는

말로 표현할 수 없을 만큼 매력적입니다.

그래서 사람들은 사랑을 하게 되면

그 사랑의 향기에 취해

어쩔 줄을 모르게 되는 것입니다.

사랑의 향기는 오직 사랑만으로 살 수 있습니다.

사랑은 깊이를 알 수 없는 호수와도 같고,

벗겨도 벗겨도 계속 속살을 보여 주는 양파와도 같습니다.

사랑은 신비롭고 오묘하며 알기 어렵습니다.

너그럽기도 하다가 휘몰아치는 소용돌이가 되기도 합니다.

하지만 분명한 것은 사랑은 향기롭다는 것입니다.

사랑의 향기가 사랑을 얻게 합니다.

사랑의 향기를 느끼고

그 향기에 흠뻑 빠져보기 바랍니다.

사랑하는 사람의 마음을 사로잡을 수 있는 비결은

사랑의 향기를 간직하고 사는 것입니다.

그래서 사랑의 향기를 마음껏

사랑하는 사람에게 전해 줄 때

그 사랑은 빛을 뿜게 되는 것입니다.

사랑의 향기를 뿜는 주인이 되십시오.

CHAPTER 11

그대는
나의 전부입니다

그대는 나의 전부입니다

당신은

해질 무렵

붉은 석양에 걸려 있는

그리움입니다.

빛과 모양 그대로

내가 가장 좋아하는 구름입니다.

그대는 나의 전부입니다.

부드러운 입술을 가진 그대여,

그대의 생명 속에는

나의 꿈이 살아 있습니다.

그대를 향한

변치 않는 꿈이 살아 숨 쉬고 있습니다.

사랑에 물든

내 영혼의 빛은

그대의 발밑을

붉은 장밋빛으로 물들입니다.

오, 내 황혼의 노래를 거두는 사람이여,
내 외로운 꿈속 깊이 사무쳐 있는
그리운 사람이여,
그대는 나의 모든 것입니다.

석양이 지는 저녁
고요히 불어오는 바람 속에서
나는 소리 높여 노래하며
길을 걸어갑니다.

사랑하는 그대여,
내 영혼은
그대의 슬픈 눈가에서 다시 태어나고
그대의 슬픈 눈빛에서부터 다시 시작됩니다.

_파블로 네루다

행복하게 살 권리

사람이 살아가는 이유 중의 하나는
행복해지기 위해서입니다.
사람이라면 누구나 행복해지기를 원합니다.
그러나 행복은 쉽게 오지 않습니다.
어떻게 하면 행복해질 수 있을까요?
생활과 마음을 정갈하게 닦아
받아들일 준비가 되어 있을 때 가능합니다.
그럼 행복을 받아들일 준비란 어떤 것일까요?
그것은 작은 것에서 기쁨을 느끼는 것입니다.
작은 것에서 느끼는 기쁨이 쌓여
큰 행복을 이루는 것입니다.
진정한 행복을 누리고 싶다면
눈높이를 조금만 낮추십시오.
당신도 모르게 행복이 가까이 다가올 것입니다.

사랑은 행복의 한가운데에 있습니다.

행복 속에서 사랑을 키워야 합니다.

행복은 자기 자신에게 달려 있습니다.

♥

사람은 누구나 행복하게 살 권리가 있습니다.

그러나 그 권리는

행복한 삶을 위해 노력하고 애쓰는 자에게만 주어집니다.

당신은 당신이 선택한 사랑을 통해

가장 행복한 삶을 살기 바랍니다.

행복한 사랑을 하십시오.

사랑이 최고입니다

배가 고프면 맛있는 음식이 최고입니다.

그럼 마음이 허전할 때에는 어떻게 할까요?

그럴 때에는 사랑이 최고입니다.

사랑은 삶의 존재 가치를 깨닫게 하고

인생을 풍요롭게 해 줍니다.

사랑은 인간의 영혼을 맑게 하고

인간의 마음을 너그럽게 만들어 줍니다.

그래서 사랑은 인간에게 꼭 필요한

영혼의 비타민과도 같습니다.

인생이 힘들다고 느껴질 때 사랑에 의지해 보십시오.

당신의 인생을 풍요롭고 보람되게 해 주는

소중한 사랑입니다.

사랑은 인생을 풍요롭게 해 줍니다.

풍요로운 인생을 위해 사랑을 시작하십시오.

사랑과 인생은 불가분의 관계에 있습니다.

사랑이 없는 인생은 가치가 없는 것이기 때문입니다.

어떤 인생을 사느냐 하는 것은 당신의 몫입니다.

즐거운 인생의 주인공이 되길 바랍니다.

사랑이 떠나간 자리

사랑이 떠나간 자리에는 허무만 남게 됩니다.

사랑이 떠나면서

그 사람의 모든 것을 빼앗아가기 때문입니다.

사랑을 잃은 슬픔처럼 안타까운 것은 없을 것입니다.

사랑의 종말,

그것은 인생 최악의 비극입니다.

사랑을 잃었을 때의 아픔은

처음 사랑이 없어 허전했을 때에 비할 바가 아닙니다.

그 쓸쓸하고 우울한 마음은 참담하기까지 합니다.

인생의 도중에 사랑의 종말을 맞아야 한다면

아예 사랑을 시작하지 마십시오.

인생에서 사랑이 차지하는 비중은 너무 큽니다.

사랑의 종말을 겪지 않으려면

사랑이 떠나가지 않도록

찾아온 사랑을 소중히 하십시오.

———————— ♥ ————————

사랑이 떠났을 때의 참담함은

겪어 보지 않은 사람은 결코 알 수 없습니다.

사랑의 종말은 씻을 수 없는 상처를 남깁니다.

당신은 사랑의 아픔을 맛보지 않도록 하십시오.

어떤 상황에서도

당신의 사랑을 굳건히 지켜내길 바랍니다.

————————————————

사랑은
인생의 이정표입니다

사랑은 가벼운 양은 그릇이 아닙니다.

사랑은 약한 플라스틱 그릇이 아닙니다.

사랑은 한 번 쓰고 버리는

스티로폼 그릇도 아닙니다.

사랑은 꽃보다 더 귀한 것입니다.

사랑은 보석보다 더 값진 것입니다.

인생에서 사랑이 없다면 살 수 없을 것입니다.

삶의 시작도 사랑이고, 삶의 끝도 사랑입니다.

모든 인생은 사랑으로 출발하여

그 사랑으로 가다가

그 사랑으로 마침표를 찍습니다.

사랑이 있어 사람들은

어둡고 거친 길도 힘들지 않게 걸어갑니다.

사랑은 인생의 이정표입니다.

이정표를 잘 살피면서 목적지를 향해 가듯,
사랑을 통해 인생의 길을 걸어가야 합니다.
그것이 행복한 인생입니다.

삶의 시작과 끝에는 사랑이 있고
사랑하는 사람들이 있습니다.
삶은 사랑으로 왔고 사랑으로 종결짓기 때문입니다.
멋진 사랑을 만나 가장 아름다운 사랑을 만들고
가장 숭고한 사랑을 남기는,
그런 당신이길 바랍니다.

현명한 사랑을 하십시오

'잘되면 내 탓, 못되면 조상 탓'이라는

말이 있습니다.

우리는 살면서 이런 경우를 자주 만나게 됩니다.

누구나 좋은 일, 잘된 일에는 나서지만

나쁜 일, 잘못된 일에는 뒤로 물러서지요.

그러나 사람은 자신의 잘못을

깨끗이 인정할 줄 알아야 합니다.

그래야 진정 아름다운 사람입니다.

사랑에 있어서도 마찬가지입니다.

자신이 잘못했을 때에는

잘못을 인정하고 용서를 빌어야 합니다.

사랑하는 이의 마음을 풀어 주어야 합니다.

사랑은 현명한 삶에서 시작됩니다.

현명한 사랑을 하십시오.

현명한 삶은 그냥 오는 것이 아닙니다.

현명하게 살기 위해 노력해야 합니다.

지혜로운 생각으로 밝게 사십시오.

너그러운 마음과 신뢰하는 마음으로

솔직하게 사랑을 대하십시오.

그것이 현명한 사랑을 하는 올바른 길입니다.

최고의 행복은
기쁨을 주는 사랑입니다

사람들은

행복한 삶을 누리기 위해 노력합니다.

어떤 사람들은 자신만의 행복을 위해

부도덕하고 비윤리적인 행동으로

사회에 누를 끼치기도 합니다.

이런 사람들은 행복의 본질을

잘못 이해하고 있기 때문에 그렇습니다.

이렇게 얻는 행복은 오래가지 않습니다.

결코 행복하지도 않습니다.

오히려 불행을 불러일으킵니다.

참다운 행복은 참다운 사랑을 얻는 일입니다.

참다운 사랑만이 사람들에게 행복을 줍니다.

최고의 행복은

물질이 아니라는 것을 아는 당신이 되길 바랍니다.

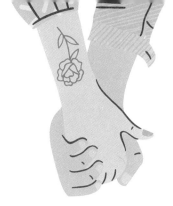

최고의 행복은 최선의 사랑에서 옵니다.

최선의 사랑은 사랑하는 사람에게

최대의 기쁨을 주는 사랑입니다.

사랑의 기쁨을 사랑하는 사람에게 주고 싶지 않으십니까.

그렇다면 당신이 먼저 행복해지십시오.

그 행복을 통해 최고의 행복을 전해 주면 됩니다.

순수한 사랑의 꽃을
피워 보세요

사랑이라는 말을 들으면

왠지 가슴이 벅차오르지 않습니까?

사랑에는 사람을 행복하게 만드는

신비한 에너지가 들어 있습니다.

그래서 사람들은 사랑 앞에서 순수해지고 싶어 합니다.

그런데 가끔은 거짓 사랑으로

상대방의 가슴에 아픔을 남기는 사람들이 있습니다.

그것은 사랑하는 사람보다

자신을 먼저 생각하기 때문일 것입니다.

사랑은 나만 좋으면 되는 그런 것이 아닙니다.

나보다는 사랑하는 사람을 먼저 생각해야 합니다.

사랑은 순수함을 먹고 자랍니다.

사랑이 쑥쑥 자라 순수의 꽃을 피우고,
열정의 꽃을 피우기를 바란다면
자신을 낮추고 사랑하는 사람의 입장이 되십시오.
진실한 사랑을 할 수 있는 길이 열릴 것입니다.

♥

순수한 열정은 순결한 삶과 사랑을 불러옵니다.
순수한 열정 속에는 마음을 깨끗하게 하고,
사람을 행복하게 하는 삶의 에너지가 강처럼 흐른답니다.
그 삶의 에너지가 떨어지지 않도록
사랑을 충전해 놓기 바랍니다.

무능한 사랑은
불행을 남깁니다

사랑을 하다 보면

아픔도 있고 실망도 있습니다.

그런 아픔과 실망을

슬기롭게 넘길 수 있는 지혜를 갖춰야 합니다.

아플 때, 고통스러울 때

쉽게 실망하는 사람은 무능한 사람입니다.

무능한 사람은 사랑을 할 자격이 없습니다.

힘들이지 않고 얻어지는 사랑은 없습니다.

한결같이 진실하고,

한결같이 열정적이어야 얻을 수 있는 것이 사랑입니다.

무능한 사랑은 가슴만 아프게 합니다.

당신은 어떤 사람입니까?

당신만큼은 사랑이 무엇인지 알고

열정을 다하는 진실한 사람이길 바랍니다.

조금만 힘들어도

그 사랑을 외면하고 도망치기 바쁜

그런 사람은 되지 않길 바랍니다.

♥

무능한 사랑은 자신의 사랑이 아프거나 괴로워할 때

그 사랑으로부터 도망을 치는 사랑입니다.

무능한 사랑은 불행을 남깁니다.

이런 사랑은 하지 마십시오.

유능한 사랑을 하십시오.

그래서 어떤 시련이 닥쳐도 꿋꿋하게 이겨 사랑을 지켜내길 바랍니다.

행복의 주체가 되세요

행복하기를 원한다면

그 행복의 주체가 되어야 합니다.

당신이 사랑하는 그 사람이

행복해질 수 있도록 사랑을 주십시오.

사랑하는 사람의 기쁨이

당신에게 더 큰 행복을 가져다줍니다.

상대방이 내게 잘해 주기를 기다리지 말고

먼저 사랑하기 바랍니다.

내가 먼저 사랑을 주어야 합니다.

사랑을 먼저 주는 기쁨을 느껴 보아야 합니다.

그것이 행복의 주체가 되는 지름길입니다.

실로 행복을 원한다면 그 행복의 주체가 되어야 합니다.

주체가 되는 행복은 최대의 기쁨을 안겨 줄 것입니다.

사랑하는 이에게 최고의 행복을 전해 준다면

그는 가장 행복한 인생의 동반자가 되어 줄 것입니다.

사랑의 이중성

사랑에는 이중성이 있습니다.

하나는 기쁨이고, 또 하나는 눈물입니다.

서로를 위해 주는 사랑을 할 때에는

기쁨을 누리게 됩니다.

그러나 서로의 관심이 식으면

그 상처로 인해 눈물을 흘리게 됩니다.

사랑은 기쁨이기도 하고, 슬픔이기도 합니다.

사랑이란 묘약과도 같은 것이어서

높은 지식이나 덕망으로도 해결하지 못합니다.

사랑의 이중성을 깨닫고 적절히 받아주기 바랍니다.

기쁨일 때는 함께 기뻐하고,

슬픔일 때는 함께 슬퍼하는 진실 앞에

사랑의 상처는 아물 것입니다.

경계해야 할 것은 이율배반적인 사랑입니다.

그 속에 있는 속물 근성에서 벗어나

영원한 사랑을 하기 바랍니다.

사랑은 기쁨과 눈물을 동시에 품고 있습니다.

그래서 사랑을 하게 되면

한편으로는 기쁘고,

한편으로는 슬픔을 맛보기도 합니다.

기쁨과 슬픔은 사랑이 가진 이중성입니다.

아름다운 이중성이 되도록

자신만의 감정에 충실해 보기 바랍니다.

CHAPTER 12

사랑은
아름답습니다

아름다운 사랑

성자의 추도식 날에 아름다운 아가씨들이
바로 내 곁을 스쳐 지나갔었네.
맨 처음 아가씨가 내 옆을 지나갈 때
사랑은 우리를 마주보게 하였네.
타오르는 불꽃의 정령인 양
내 마음엔 뜨거운 불길이 타올라
천사의 모습을 바라보는 듯했네.
그 해맑고 순한 아가씨의 눈에서
넘쳐흐르는 아름다운 사랑의 밀어를
보고 깨닫는 사람의 마음속엔
무한대의 행복이 넘치게 마련이네.
우리에게 행복을 깨쳐 주기 위해
아아, 아름다운 아가씨는 천국에 살다가
이 지상에 온 것이라 생각될 만큼
나는 그녀를 보기만 해도 행복했네.

_단테

사랑은 서로의 짐을
나누어 지는 것입니다

사랑은 일방적이어서는 안 됩니다.

손바닥도 마주쳐야 소리가 나듯이

사랑 역시 함께할 때 더욱 아름다워지는 것입니다.

상대방은 나를 사랑하지 않는데,

나 혼자 사랑한다고 해서 이루어지는 것이 아닙니다.

그래서 짝사랑은 아픔입니다.

서로가 서로를 너무 사랑해서 하는 사랑은

어떤 고난과 역경 속에서도 찬란하게 빛이 납니다.

서로 고난의 짐을 나누어 지기 때문입니다.

사랑의 강물은 깊을수록 소리가 없습니다.

사랑의 고통을 두려워하지 마십시오.

사랑은 서로의 짐을 나누어 지는 것입니다.

사랑이 고통스러워할 때 더 가까이 다가가십시오.

그렇게 얻는 사랑이 정말 값진 것입니다.

사랑은 혼자서 하는 것이 아닙니다.

혼자 하는 사랑은 아픔만 남기게 됩니다.

그래서 사랑은 꼭 둘이 해야 합니다.

둘이 하는 사랑은 고통의 짐도 서로 나누어 질 수 있기 때문입니다.

고통을 나누어 질 수 있는 그런 사랑을 하기 바랍니다.

신비로운 사랑의 동굴

사랑은 숨겨진 보물을 찾듯이

늘 기대되고 신비롭습니다.

삶의 고통과 시련의 아픔 속에서도

사랑만 있으면 그 고통을 이겨낼 수 있습니다.

우리가 하루하루를 살아가는 동안

세상에는 많은 변화가 일어나고 있습니다.

시시각각 변하는 삶 속에서 오늘이,

또는 내일이 어떻게 될지

모르는 채 살아가는 것이 우리의 인생입니다.

그러나 한 가지 분명한 것은

삶에 있어서 노력 없이 얻어지는 것은 없다는 것입니다.

사랑도 그렇게 찾아야 합니다.

사랑은 신비로운 삶의 동굴 같은 것입니다.

그 동굴에서 보물을 캐내듯 사랑을 캐내십시오.

늘 사랑을 기대하며 살아야 합니다.

삶은 신비로운 동굴과도 같습니다.

기쁨과 즐거움, 눈물과 아픔이 공존하는 삶의 동굴입니다.

사랑이 있어 그 신비로운 동굴은 더욱 신비롭습니다.

금맥을 찾아 금을 캐내듯

그 삶의 동굴에서 사랑을 캐내는 당신이 되십시오.

느낌만으로 바라는 사랑

사람들은 사랑을 그저

즐거운 것으로만 생각하기도 합니다.

그러기 때문에 사랑에 아픔이 찾아오면

어쩔 줄 몰라 합니다.

눈물 속에 빠져 방황을 하고, 갈등을 합니다.

사랑의 이면에는 아픔과 고통이 있기 마련입니다.

사랑은 감미롭고 부드럽기도 하지만

때론 날카롭게 아픔을 주는 속성이 있습니다.

진정한 사랑이란 아픔을 겁내지 않는 것입니다.

사랑은 아픔 속에서 더욱 성숙해집니다.

통증 없는 사랑은 깊이를 알 수 없는 사랑입니다.

통증 없는 사랑은 잎새 없는 나무처럼 볼품이 없습니다.

무성한 나무처럼 풍성한 사랑을 원한다면

고통도 묵묵히 받아들이십시오.

당신의 사랑이 풍성한 잎새를 만들어낼 것입니다.

느낌만으로 바라는 사랑은 뿌리가 없는 나무와 같습니다.

사랑은 느낌만으로 하는 것이 아닙니다.

마음과 정성이 함께할 때 그 사랑은 아름다워지는 것입니다.

방황과 갈등의 늪에 자신을 버려두지 마십시오.

사랑은
때론 알 수 없는 것

사랑은 알 수 없는 것이라고 합니다.

사랑은 알기가 어렵습니다.

익숙하게 알아질 듯하면

어느새 알 수 없을 만큼

멀리 달아나 있기도 합니다.

사랑은 정말 알 수 없는 것입니다.

사랑 때문에 웃다가 사랑 때문에 울기도 합니다.

사랑 때문에 덥기도 하다가 사랑 때문에 춥기도 합니다.

그러기에 오묘한 것인지도 모릅니다.

실수를 용서해 주기도 하다가 가차 없이 외면하기도 합니다.

그래서 때론 버겁기도 합니다.

사랑을 너무 쉽게 생각하지 마십시오.

사랑은 진지하고 경건한 것입니다.

알 수 없다고 힘들어하지 마십시오.

사랑은 그런 것이라고 여기면 됩니다.

그래도 그 사랑이 우리에게 필요하기 때문입니다.

──────── ♥ ────────

사랑은 종잡을 수 없는 여름 날씨처럼

소나기가 되어 내리기도 하다가,

해가 비치기도 합니다.

소나기가 되어 내리면 우산을 쓰고,

해가 비치면 그늘을 찾으면 됩니다.

알 수 없는 수수께끼 같은 사랑도

당신이 어떻게 마음 쓰는지에 따라 극복할 수 있습니다.

────────────────

익숙해진다는 것은
행복해진다는 것입니다

익숙해진다는 것처럼 편안한 것은 없습니다.

삶에 익숙해지면 행복합니다.

사랑에 익숙해진다는 것은

편안하고 행복해진다는 것입니다.

사랑에 서툰 사람은 늘 불안하고 불행합니다.

여유가 없어 위태롭습니다.

태풍이 불어도 끄떡없는 큰 나무처럼

흔들림 없는 사랑을 하기 위해서는

사랑에 익숙해져야 합니다.

익숙해진다는 것은 대충이라는 뜻이 아닙니다.

소중한 감정입니다.

사랑에 익숙해지길 바랍니다.

이 세상에 자신의 삶처럼 소중한 것은 없을 것입니다.

자신의 삶을 사랑할 수 있을 때 삶에 익숙해질 수 있습니다.

익숙한 삶은

자신의 삶을 진정으로 이해하고 사랑할 때 찾아오는

소중한 선물입니다.

사랑의 원리

기쁘고 충만한 사랑을 원한다면

낮아지는 마음으로

자신의 사랑을 보고 받아들여야 합니다.

사랑 앞에 교만하고 우쭐거리면

진실한 사랑을 할 수 없게 됩니다.

사랑 앞에 겸손하지 않는 사람에게는

진실한 사랑이 찾아오지 않습니다.

진실한 사랑을 원한다면 사랑 앞에 낮아져야 합니다.

자신을 낮출 때 사랑은 높아지는 법입니다.

낮아지는 마음으로 자신의 사랑을 바라보면

보이지 않는 곳에서도 기쁨을 찾을 수 있기 때문입니다.

사랑은 자신을 낮추는 것입니다.

더욱 낮추십시오.

그것이 참사랑입니다.

아름다운 사랑을 원한다면

자신의 사랑 앞에 몸을 낮추십시오.

자신의 사랑에게 겸손할 때 아름다운 사랑이 찾아옵니다.

몸을 낮출 줄 아는 사람, 얼마나 멋진 사람입니까?

감동을 주는 삶

감동을 받는 것은 아름다움입니다.

감동이 없다면 우리의 삶은 쓸쓸할 것입니다.

뜨거운 피가 흐르는 사람이라면

뜨거운 감동을 받는 사랑을 해야 합니다.

감동이 없는 삶은 죽은 삶과 마찬가지입니다.

감동을 주는 삶은 사랑을 바탕으로 합니다.

어떤 삶이 감동적인 삶일까요?

물질의 풍요 속에 살면서도

사람들은 감동에 목말라 합니다.

무언가 부족하다는 것을 느낍니다.

그것은 사는 멋과 정이 사라졌기 때문일 것입니다.

멋과 정이 사라진 삶 속에는

피해 의식과 경쟁의식만이 차갑게 맴돌고 있습니다.

지금이라도 늦지 않았습니다.

감동적인 삶을 살아가십시오.

가슴을 열고 멋과 정을 위해 노력하기 바랍니다.

당신이 사랑하는 사람들에게 감동을 주는

아름다운 사람이기를 바랍니다.

삶에 있어서 감동이 있다는 것은

매우 즐겁고 행복한 일입니다.

감동이 있는 삶은 사람들에게

언제나 즐거움을 주고 용기와 꿈을 주지요.

감동은 희망이며, 누구나 바라는 이상입니다.

삶의 비타민

사랑은 마라톤과 같습니다.

인간의 한계를 극복하며 쉼 없이 달려 나가는 마라톤처럼

지치지 말고 달려 나가야 하는 것입니다.

사랑은 기분에 따라

이렇게 저렇게 바뀌면 안 됩니다.

오르막길도 내리막길도 변함없이 달려

목적지에 이르는 마라톤처럼,

좋을 때도 싫을 때도 변화가 없어야 합니다.

그런 사랑이 진정한 사랑입니다.

사랑은 삶의 비타민과 같습니다.

건강을 지키기 위해 비타민이 필요하듯이,

사람에게는 사랑이라는 비타민이 필요한 것입니다.

당신에게는 삶의 비타민인 사랑이 있습니까?

지치지 않고 달려 나갈 수 있도록

조금씩 아껴두기 바랍니다.

삶을 풍요롭게 하고 행복하게 하는 것은 사랑입니다.

사랑은 삶의 비타민인 까닭에

모든 사람들의 생을 충만하게 만들어 줍니다.

삶의 비타민인 사랑을 서로에게 나누어 주세요.

그런 삶이 진정 복된 삶이랍니다.

칭찬하는 습관

누구나 칭찬을 받으면

기뻐하고 즐거워합니다.

칭찬은 사람의 마음을

따뜻하게 만들어 줍니다.

칭찬에 익숙한 사람은 인정이 많은 사람입니다.

사람은 칭찬을 받으면 자신감이 넘치게 됩니다.

이런 사람들이 많을수록 우리 사회는 행복해집니다.

사랑하는 사람을 칭찬하십시오.

사랑을 칭찬하는 습관을 가져야 합니다.

칭찬 속에서는 사랑도 활기찹니다.

당신의 사랑이 아름답기를 바란다면

칭찬으로 가꾸어야 합니다.

칭찬은 가장 적극적인 사랑의 표현입니다.

남을 사랑하는 마음이 바로 칭찬입니다.

♥

칭찬하는 사람들이 많을수록 행복과 희망이 넘쳐흐릅니다.

칭찬은 꿈을 주고 용기를 주고 삶의 에너지를 줍니다.

살기 좋은 세상을 만들기 위해서는 칭찬하는 습관을 들여야 합니다.

사랑도 예외는 아닙니다.

사랑을 칭찬해 보십시오.

사랑의 본질

사랑이란 나 아닌 타인의 몸과 마음속에

잠자는 자아를 일깨워

나와 일치하는 확신을 갖고자 하는 욕망입니다.

달리 말하면 억제할 수 없는 갈망입니다.

때문에 자칫 잘못하면

상대를 즐기기 위한 탐욕이 될 수도 있습니다.

그러나 그것은 사랑의 본질이 아닙니다.

사랑의 본질!

그것은 사랑하는 나와 사랑받는 상대,

두 사람이 나누어 갖는 지고지순한 희열입니다.

그 희열은 불처럼 뜨겁기는 하지만

연약한 꽃잎과도 같아서

정성껏 관리하고 가꾸지 않으면

쉽게 상처를 입은 나머지 져버릴 수도 있습니다.

사랑은 에너지입니다.

사람이 사랑을 하게 되면

평상시의 상태에서는 상상도 못할

절정의 힘을 발휘합니다.

무소불위의 사랑 에너지!

이 에너지가 개인과 인류를 발전시키는 원동력이 되어 왔습니다.

따라서 사랑은 소모가 아니라 생산의 시작입니다.

♥

사랑은 자기 자신을 존재하게 하는 힘입니다.

따라서 그것은 그 자체가 위대한 가치를 지니고 있습니다.

위대한 가치의 사랑!

이를 남용하거나 오용하는 것은

커다란 범죄 행위가 될 수 있습니다.

사랑하라, 오늘이 마지막인 것처럼

초판 1쇄 인쇄 2021년 5월 11일
초판 1쇄 발행 2021년 5월 14일

지은이   김옥림
펴낸이   임종관
펴낸곳   미래북
편 집   음정미
디자인   강희연

등록   제 302-2003-000026호
본사   서울특별시 용산구 효창원로 64길 43-6 (효창동 4층)
영업부   경기도 고양시 덕양구 화정로 65 한화오벨리스크 1901호
전화   02)738-1227(대)   팩스 02)738-1228
이메일   miraebook@hotmail.com

ISBN   979-11-88794-84-3 (03800)

값은 표지 뒷면에 표기되어 있습니다.

잘못된 책은 구입하신 서점에서 바꾸어 드립니다.